和田文雄新撰詩集

コールサック社

和田文雄 新撰詩集　目次

〔1〕　初期詩篇

第四詩集『無明有情』（一九九一年刊）より

Ⅰ　昭和二十四年—二十六年

共進会　18
畑での会話　20
しあわせはしのんでやってくる　22
仲間が　23
冬　25
三宅島紀行　26
感化院の坂道　38
異　変　40
雲とぶ　41
二十六年冬　42

Ⅱ　昭和二十七年—三十一年

暗黒の焦躁　44
思い　46
この村　46
惜別　48
新宿　49
未来　52
瞋《いか》り　53
まゆみ　54
舗道　55

Ⅲ　昭和三十二年—三十八年

霧　57
田園　58
冬の夜　59
夜の袢　61
霖雨　63
寿量品　—星諦誘老師の年賀状に—　64

〔2〕 中期詩篇

第三詩集『女神』（一九八九年刊）より

一　66
二　68
五　69
八　70
十五　72
十九　73
二十二　76
二十四　78
二十五　81
二十七　87
三十　89
三十五　91

第一詩集『恋歌』（一九八八年刊）より

夜更け　94

追憶　97

塘《つつみ》にて　100

鳰《にお》無情　102

草いきれ　105

辿る　107

無雑《むざつ》な夜　109

冬のかげろう　111

火群ら　113

時間　114

第二詩集『花鎮め』（一九八九年刊）より

師走の土　116

小正月　113

花鎮め　119

ぬばたま　120
谷慈郷《やじごう》　121
Ⅰ　121
Ⅱ　122
Ⅲ　125
Ⅳ　127
Ⅴ　129
Ⅵ　131
谷地川　134
Ⅰ　134
Ⅲ　136
Ⅵ　138
Ⅷ　139
Ⅹ　141

〔3〕 後期詩篇

第五詩集『うこの沙汰』（一九九七年刊）より

能登島にて 146
1 冬の不実 146
2 港夜明け 148
3 島めぐり 149
春日楽天 152
萌える 155
凍 土 158
窓外の眺め 160
竹の花 164
うこの沙汰 166
暑い日 169
ハリフダ 171
茶ノハタケ 172
氓《タミ》 173

ふきのはな　174
濠ばたの夕景　176

第六詩集『理想の国をとおりすぎ』（一九九八年刊）より

クリオネの住むところ　178
うおの目の泪　181
虚無僧の乞食《こつじき》がゆく　183
おとめ山と高樹　186
聖地はもどらない　188
愚公と権公　山を移し水を絶つはなし　189
Ⅰ　頭首工　水とりぜき　189
Ⅱ　河口堰　水とめぜき　190
Ⅲ　うみさちひこやまさちひこ　192
Ⅳ　唐くにのむかし　193
Ⅴ　やまとはいま　195
理想の国をとおりすぎ　197

第七詩集『村』（一九九九年刊）より

沈んだ村　202
離　村　205
ちちははの死　208
　ちち　208
　はは　209
　ちち　210
雪国のうたうたい　211
蠕　動　213
炭やきの祈り　216
問　い　217
興醒め　219
菜の花は咲いているか　226
いのり　229

第八詩集『失われたのちのことば』（二〇〇二年刊）より

もどらない　230
気比丸　235
水涸れ　245
荒らし作り　249
さとうきびばたけ　254
魂迎え　259

第九詩集『毛野《けぬ》』（二〇〇四年刊）より

言依《ことよ》さし　261
幸《さきわ》う　265
呼びあう　268
おのこ、罪　270
おみな、胎　272
人かたのはにわ　275

遮　光　278
不退の土　282

第十詩集『面影町界隈』（二〇一〇年刊）より

開く橋　285
疎　開　287
言問橋　289
名店街　290
あばよ　ちばよ　292
火消壺　294
がちゃがちゃ　296
おばばさまの恐いはなし　297
なななぬかの蛍　299
旅　に　302

第十一詩集『當世拾遺』（二〇一一年刊）より

残　酷　305
後生車　307
小坪港　311
水芭蕉　314
雑《ぞう》の林《やま》　316
屈折　少女たちの詩と真実　318
無《む》　辜《こ》　324

第十二詩集『高田の松』（二〇一二年刊）より

高田の松　326
瓦礫と呼ばないで　328
帚《は》　く　330
たいへんだよ　331
ふたごころ　332
ああ陸奥《みちのく》にしあらましかば　333
遁　辞　336

告げる 337
呼ばう 340
卦 うらないのしるし 342
一 聞こえてくる音 342
二 嗟来《さらい》の食《し》 346
三 国民のミナサマ 348
四 不易の卦 353
自彊《きょう》不息 358

第十三詩集『昭和八十八』（二〇一四年刊）より

歓 喜 359
悲田院 361
魚籃観音《ぎょらんかんのん》 364
花綵《はなづな》飾り 366
ぱらちおん 368
山の神 370

稗貫《ひえぬき》方十里　374
さいかち　376
浄土の浜　380
冬ざれ　386
昭和八十八年の虹　388
論考　賢治の精神で数千年の歴史と今をつなぐ人
『和田文雄 新撰詩集』の編集に関わって
鈴木比佐雄　392
あとがき　新撰　彼方此方《あちこち》　412
著者略歴　414

和田文雄 新撰詩集

〔1〕初期詩篇

第四詩集『無明有情』（一九九一年刊）より

Ⅰ　昭和二十四年―二十六年

共進会*

あらゆる事象の図式を刻み
あらゆるエクスペリエンスの
メモランダムの記帳のあと
その筋ばった手と頬に
あなたの瞳の輝きが
稲妻のように走り去る
　一つ一つの米粒も
白く輝くこの繭も

宝物にでも触れるように
見つめるあなたの尊い姿
ごたごた混んだこの会場で
あなたのまわりは森林の
自然を保つ静けさで
憑かれたような行動は
この会場の隅々までも
尊い感じに満ち溢れ
百姓たちの苦しみも
今日一日は消えさっている

師父よあなたはこの晴れの日に
自然と巧みに結ばれた
百姓たちの努力のあとと
絶えることない苦悩のあとの
あらゆる尊い産物を

この社会《よ》の人に示してくれる
その苦しみもこの会場は
今日一日ではあるけれど
憩いの場所と一瞬かえて
百姓たちを悦しませる

＊共進会　産物や製品を集めて、その品質の優劣を競う品評会。

畑での会話

九四三番地はどの畑かね
　一枚おいて白く光ってみえる
畑です

ああそうすると土地台帳じゃ八畝《せ》二三歩《ぶ》
あの馬入れ[*1]を除いたあとは　全部小麦が作ってある
　まあそうでしょう種子だけは播いておきましたので
それなら八畝十歩はだいじょうぶ
　それでもあの畑は歩がつまっていまして
では八畝十歩はあるだろう
　それが歩がつまってまして
だいたいこの山間地では縄延び[*2]が多いんだよ
　でもここの名主様は隅から隅まではかりましたんで
昔は昔さ今は土地台帳どおりでいいんだろう
　でもあのとおり白く葉っぱはよれてしまって……半毛[*3]と見れば
　　十分で……
それなら心配いりません六月になれば作況調査をいたします
穂の数と粒の数とをかぞえてみます
　へえ……でもやっぱし
刈取りのときは坪刈り[*4]をするんでね

へえ……やっぱし一日がかりでやるんでしょうか

＊1　畑のあぜ道。
＊2　登記簿に記載の面積よりもよりも実測面積が広いこと。
＊3　「毛」は「みのり」で、災害その他で収穫量が半分になる、なったこと。
＊4　田や畑の一坪を刈り取り全体の収穫量を測定する。

しあわせはしのんでやってくる

しあわせがいつしのびよって
いるかもしれないので
こころのじゅんびをしてまとう
こころにしっかりとあすのくるのをしんじながら

きょうのつとめをなしとげておこう
しあわせがいつしのんで
くるかもしれないので
おなじくらいにふこうのたねが
ごろごろいつもころがっているが
めをだすすきをあたえずにおけ
ぼくたちは
しあわせをもとめて
しごとをする

仲間が

仲間が一人死んで行った　仲間はだまって死んでしまった
――何も言えない……いうことも出来ない――
仲間は自分だけの満足で死んだんじゃない
やっぱりこれは天行に逆らう道であれば
妻も子も友人たちも　みんなかなしい力ない顔をしてこの仲間の葬
　列に入る
あつい夏の最中に　まっくろにやけた顔が
柩のなかで白い布をかけられ動くことなく息づくことなく静かに
　眠っている
だが深く刻まれたしわと皮膚には
苦闘のあとの記録と残した妻や子への
思いが一緒に刻まれている
仲間はだまって死んでしまった
――何も言えない……いうことも出来ない――
仲間は自分だけの満足で死んだんじゃない

冬

どことなし赤松の針葉から冬の空へ
ふきぬけてゆく風がかるく
蒼い色と松籟《しょうらい》の混淆は
冬がきたと伝えてはしりぬけ
冬に聴くこの音が凍るまえの瞬間
凍る冬に鬆土《しょうど》はかたまりあい
地の果てまでまるくふくらませ
じっと溶媒は浸透圧をくるわせ濾浸《ろしん》をとめる
櫟《くぬぎ》の葉は埒外のゆらめきと
いきをとめた梢の風見となる
日射しが赤松と櫟の影をのばし
透明な空との境でくぎるとき

蒼い凍った呼吸をする冬が
呼びかわしつつしみとおってくる

三宅島紀行

出　発

ではいってまいります
荷物はこれとこれとこれ
　からだに気をつけてね
船に気をつけなさい
ええ　ありがとう
君　船に気をつけて

一体何になるという
ああそうですね　どうしよう
それではいってまいります

夜光虫

きいら　きいら
きいら　きら
　波のあいまにきいらきら
　ひかってきえる夜光虫
　きえては波にのまれゆく
　きいら　きら　きら
きいら　きら
きいら　きいう
きらら　きいらきら

ともにくだけて
ひかってきえる夜光虫
きいら　きら　きら

女

あああ　いやんなっちゃうな
あの船でかえろうか
　手紙だしとかんとだめよ
かあさんがどうもね
　船が入れば
早起きするわ

ひそひそ話しがすんだらば
かすれた古いレコードで
一人でステップとっている
ここの宿の女たち
流れてきた身よ
島のむすめではないんだよ

熔岩流

すごいなあ
この熔岩のかたまり
地形はかわり海はうずまり
いまだに木のかたちもない

あかぐろいとげとげした

熔岩の割れ目
少しもとけあおうとしない
するどい岩片
自然の猛威に
みな　ぎくりと唾をのむ
十年余りそのままに
かたちをとどめたこの原始の原
三宅の島を印象づける

八丈 秣《まぐさ》

いまこの冬に青あおと
あらゆるところに茂っている
しかも畑を十字にきって
或いは短冊にまできって
二尺ばかりに茂っている

年に二回の刈取で
三千貫は下らぬという
すばらしい牛の餌
この秣草《まぐさ》の育つため
この有名な島となる
冬の間に青刈で
喰わせるためにこの島には
サイロの塔はひとつもない

青く茂ったこの秣草
内地で作った蔗糖《しょとう》のようで
大事な茎がないものと
思えばだいたいあたっている
もしも蔗糖を知らないならば

オオオニガヤが七月頃
ぞっくり繁っているようなもので
一年中の風よけに
畑を十字にきっている

朝と夕べの飼いつけどきに
村の農家の人たちは
潮風もってあらわれる
篠と椿の間から
それがとっても島風で
訪ねた人を喜ばせる
南の島の一風景

椿 林

地表わずかに雑草がしげり

ほとんど樹冠でうずまって
うすぐらくなって繋っている
（ちょうど今は寒椿のさかり）
ここは砂礫や岩盤で農作物には適さない
そこでこうして椿を植えて椿油の原料とする
だいたい椿の一斉林《いっせいりん》に
仕上げるまでには十年かかる
もともと椿を人工的に仕立てることは
ほんのわずかのことであって
これらのおおよそ大部分は
自然にはえた母樹《おやぎ》からさらに育った稚樹《ちじゅ》なので
黒松と雑木《ぞうき》とたがいにたすけあい
大きくなったそのときに
除伐撫育《じょばつぶいく》の方法で一斉林に育てあげる
これだけのことをしただけで
あんな立派な椿林が

出来ると聞けば案外のんきにみえるけれど
やっぱりそれにはそれだけの
苦労はあって小規模な
小作農では経営できず
ほとんどすべてが村のなかの
大きな地主の持山ばかり
（ちょうど今は寒椿のさかり）
くらい椿の森かげは雄山へ通ずる
トンネルとなる

いもちゅう工場

白くにごった芋酒を
つくる工場は各むらに
一箇所づつはあるという
（君　それは密造かい）

とんでもない　そりゃ滅相なことで
委託加工です
　坪田の浜に石むろで
　つくってあるのは大きい工場
　十石桶が十も並び
　酒母室　こうじ室《むろ》まである
これがこの島三千人の
アルコールの生産地帯
　ぶつぶつわきたつ桶からは
　かんばしいもろみのにおいが
　のぞいた顔をついてくる
わずかな光をとるだけの
ちいさな窓のきりとられた
このいもちゅう工場の石むろは
南国的なかんじがします

やまはん（山榛《やまはんのき》）

黒褐色にかわいた実《たね》が
潮風にさらされた枝になる
幹ばかりのやまはんの林
截枝《せっし》の手段にふたとおりあり
一つは主幹を伸ばしてゆき
一つは主幹を伸ばさない
夏の間の繁茂期に細い枝をきりとって
ホルスタインに喰わせたため
やまはんたちはひょろひょろと伸び
ひょろひょろ伸びた原因は
三尺四方に一本としたそのことも
大きく左右しているでしょう
　だいたい牧野を仕立てるには
庇陰《ひいん》の理論をモダンとして

庇陰樹《ひいんじゅ》　草　土　刈取法

これらを総合したときに
ホルスタインの泌乳量《ひにゅうりょう》は
知らず知らずに増えてくる
庇陰の理論の出発点と
截枝理論の根本は
伊豆七島のはんのき截枝の方法に
ヒントを得たるものでして
何もモダンと特別に
いわれるほどのものでもない
しかしねえ君
この島のはんのき截枝の方法は
もうそろそろあらためてもいいようだ
このはんのきは優良品種といえないが
菌根菌のつくことには
他のはんのきと変わりなく

利用の価値があるわけです

感化院の坂道

土埃《つちぼこり》の道　礫敷《こいしじき》の安定のない坂
不安気に側溝のくずれ塀のつづき
人どおり少ない高台になお聳える灰色の塔
すでにあたりの楢《なら》の葉は散って土埃の道に
土埃まきあげて貨物自動車の門をくぐる
回転軸を失って盲動と浮游のとき
おとなたちはせめて堕ちてゆく歯止めを飢にたよった
塀と塔に閉じ込められた子供たちが

ものうげをよろこびにかえ
あてもない海路に羅針は若さにちぎれ
北極星に櫂《かい》を南十字星に帆を祭り
なお沸騰して岩礁《いわ》に砕けた
雑木山の刈りとった下草と悔恨の襤褸《らんる》を蒸気にして
塔をかくし
塔をかくせ
土色と墨色の支配する高台に
楢の小枝とさんきらいの蔓が
なお不安気な感化院の坂道に
冬の陽の寒さに明日をみつめる

異変

異変の放送にあの人がいなくなる
レイテ湾で厚木の飛行場でミズーリ号で
正装の人と略装の写真の人
海峡を渡っていったもの
爆音も聞こえずに帰ったもの
海峡の彼方で踏み躙《にじ》られたもの
禿げ山に撃ちこまれた鉄の碑のような塊
鷹の爪は赤く染まらずに枯れた
耐えていたならば飢を忘れたろうか
雪は降ることをやめたろうか
花どき花びえの夜の街に電波の洪《あふ》れ
彼の国の人たちの無言とおきかえられ

歎息と安堵は山には　こだまとなり
海嘯《かいしょう》はひびきどよめいた
異変の放送は夜の街を走り
ネオン灯のまばたきに火照り
なお　さめきらない興奮のなかに安堵する

雲とぶ

向かい花の散って沢瀉《おもだか》の茎の浮かび
希望と望郷の入り交じりのはて
広場から　かげろうのように若者が消え
掬いあげる水も土もこぼれおちて

堆は駆け巡った夢をかたちどり
消え返る昨日までを
茂った夏草に
高く澄んだ空に
あきあかねの複眼に
とぶ雲に
落ちてゆく陽に照らしだし
胸のうちの収縮ととびかう憶《おも》いが
うろこ雲を乱して崩れてゆく
せめて稔る稲田のあぜで沢瀉の浮く水畔で
とぶ雲の行方を追おう

二十六年冬

その道路には霜の白く凍りついて
めひしばの枯れ茎は土に押しひしがれている
朝の太陽は輝いていても
冬の寒さの掟のようなもののなかにある
穴あき手袋をはみだした指はかじかみ
耳は風の音のようにいたく
この冬の物語を秘めている
迎える年と二十世紀後半への
どよめきが　おきるのだろうか
凍って続く道路
押しひしがれた枯れ草
わびしい冬の陽
そして橋下の一群
凍土をおしあげ萌えるもの

冬の陽のなかに燃えるもの
その道は霜に凍っても
けぶる焚火《たきび》にも
この冬の苦悩のなかから暗示する未来
凍ったもののとける

Ⅱ　昭和二十七年―三十一年

暗黒の焦躁

星だけが冴えている冬の
木枯らしもなりやんでいる夜

暗やみのなか　いらだちの渕に追われ
すでに禁句となった
平和そして自由の言葉すらなつかしく
鳩はとらえられて　はたじるしとなったが
徽々《きき》とした鳴き声はとだえた
星だけが冴えている冬の
木枯らしもなりやんだ夜
焦躁は暗く警報の音を伝え
わずか数年の経過のあとの訓練の繰り返しに
失われるものと奪われるものが
闇のなかに立ち竦んで
冬の夜空をなおうつろにして
わずか数年のあとのくりかえしに
焦躁はいきどおりとならないか
いきどおりは誰を恕すというのか

思い

知らずにいるのだろうか
それとも
厚顔に
時をかせいでいるのだろうか
また八月六日がくるというのに

この村

この村はさや豆のあわ穂おかぼの稔る村
ふさふさと唐黍畑のとうきびの雄花のふさのたれる村
みずたよく稲穂たれたり蝗《いなご》とぶ田畔《たぐろ》にまめの稔る村
ああ　あわれ
暑い夏のすぎ
大男たちのあらわれ
髪毛と体毛の赤く
緑色した車の駆り
やまとおみなのこころかわる
ああ　あわれ
とうきび畑もまめ畑も
しろく土埃かぶり
暑い夏からの
さらに暑い夏のつづき

惜別

そこには　もう櫟林も簇生《ぞくせい》した
赤松の若木もみあたらない
風にまがって伸びた霜柱もきえ
ひゅう　ひゅうなっていた一本か二本の
電線すらも消えていった
そこはもう武蔵　武蔵野
われらの郷土ではありえないのか
赤や青や黄の原色の似合う赤肌と
木の呼吸《いき》をとめた塗料のにおい

軽鬆土《くろぼく》への惜別もうすれようとして
冬の櫟林の落葉も舞うことはない
赤松の若芽も爆音にひしがれた
もうわれらの郷土ではない
広々とした基地のどこかで
この惜別を拾うことができようか
消えてしまった武蔵野の地名が
楔形文字のように書かれた看板が立っている
この土地への惜別

新宿

人は明日にむかって歩く
うす赤い雲は角筈の方角に残り
つのをなくしたかぶと虫は地をはい
夜は音をつつんで
人は永劫にない明日へ歩く
ピエロは踊りアルルカンは絃をならす
古代の建物が蜃気楼となって
大理石の広間に百済観音の化身の現れ
ピエロが踊る　ピエロが踊る
すでに舞台は幕を下し人生芝居のはねる
葡萄は桶という桶
樽という樽にいっぱいで
ふくらはぎは踏む色に痙攣し
硝子の盃は心よく
まどろむ蝮の腹にだかれ
血液は温度をなくしうつ脈もなく

肉をはなれ　かけた月をうつしだす
はてもなく闇をまさぐって思想をすて
べろべろに濡れた服をぬぐ
脳漿はくさって蒸発をはじめ
舌は空気の棘にさされ
むきだしにされた神経は指さきで動く
もにゃ骨ののこる火葬になく
焼けビルにぶらさがる焼けた針金のような神経をひろう
すべて近代病
すべてアルコホール処置
時間は地軸の回転と歯車があわず
一つの連帯もなくずたずたとなる
役者は間をとりちがえ
貨幣は二つの尺度をもち
しゃこ貝の昔にかえる
時のなく音のない宇宙圏外の静寂

音とならない音のひびく
言葉にならない言葉
舌からじかに耳にうつる声
色のあるひかりのなかに街のある
永劫　明日を信じない街のある

未来

そこから生れるものは
生命か歓喜か
いや戦争をかかえこんだ未来への呪詛《じゅそ》
消えさった平和への憧憬

瞋《いか》り

また　燃える瞋りのほむら胸のうちに
癒ゆることも　遠ざかることもない
机のうえに積った砂ぼこり
しろじろとざらざらと
灰いろの鮫のとげ
また　燃える瞋りのほむら
癒ゆることも　遠ざかることもない

まゆみ

かなしみに旅した
山がいの道べに
紅くもえたまゆみの群咲きの
陽に映えてあたたかく
ほほえみに旅びとをなぐさめ
四稜子房に胸にひめた思いが
紅くもえるまゆみの
やまのうえの茜雲も
風にのって遠く
旅人の思いとともにとんでゆく
かなしみに旅した
山がいの道べに

紅くもえるまゆみの群だれと
ほほえみを交わしてみつめあう

舗道

いしだたみに夜の流れ闇のながれ
いしのかたく
この界隈　赤い煉瓦の積まれ
浮きたった目地が時代を告げ
暮れがたの残光は赤煉瓦にすわれ
夕映えをやわらげ寒さに
凍るまえのひとときのすぎる

いしだたみに夜の流れ闇のながれ
しきいしの石舞台に
消えのこる窓の灯に
夜のふかまり歩く人の寒く
しきいしのかたさに跫音のひびいて
消えのこる窓の灯のいろのさむく
空虚《うつろ》のひかりのなかに
人のほほえみのこぼれ
赤い煉瓦のこぼれ
檀の実のこぼれ
夜の訪れる
いしだたみの舗道に夜の流れ闇のながれ
赤い実の散ってほほえんだ人の懐かしく
秋から冬への時のうつろいのなかにすわれ
まばたきのなかにきえる
夜の流れ闇の流れて寒く
しきいしのかたさのなかに埋もれる

Ⅲ　昭和三十二年―三十八年

霧

干支《えと》を問うても
相性を問うても
知ることのない人に
石積みの濠の水が
凍るまえにわずかに嵩み
わずかに流れだしている
日比谷濠の吐け口に
水鳥の巣箱の浮いて
干支のかわりめの寒さ
羽織った外套も

まふらあの色あいにも
つつむ密かな願いのもえ
日比谷濠の水は凝結をはやめ
霧の嘆きの寒く
足もとに這うこごえのなか
密かな願いを
ぬくとめあうなにかがある

田園

冴え冴えた九月は街道の黒松と
形よく剪られた桃の枝を縫って

冬の夜の気温に霜となった
皓々とした田園に葉緑素は
異常に酸素をばらまいて
冬の月に麦の伸びる
畦みちは清冽な流れとなって
霜の交響に炭酸は同化する
冴え冴えた月の街道のはてに
人の歩いて麦の畦の青くひかる

冬の夜

冬の夜は音をけして人をねむらせ

凍りついた地表に葉緑素はなお青く同化をつづけ
寒さに曝された細胞は糖度をたかめて寒冷に耐え
月のみちかけとシベリアからの風の寒さに
耐寒の硬化をつよめ細胞は土寄せた土の壁になおつよく根張りする
冬の夜の透明さは月とネオンのひかりを複合して
なお葉緑素を刺激する
刺激は花青をなお濃くし冬に明澄度《めいちょうど》をたかめ
花青素の青を誘い時間をうめる
音のきえた夜
皓々とした月に
青のました麦に冬の夜に
人は人を懐しんで歩く

夜の神

古ぼけた時計が五時をすぎれば
夜は神とともにくる
王色に飾った鉄の柱が
木枯らしに哭く夜
煙霧のたちこめ黄昏から
花にかすむおぼろの宵に
古ぼけた時計が五時をすぎれば
神は神々しく
神はごきげんにわらって
にこよんの胸にとびこみ
からべんを風呂敷でしばって
暖簾《のれん》をくぐった

かんかん虫の地下足袋の
れえるとはずれたとろっこの
いま夜の神とともにすわる
神はうやうやしく
神はごきげんにわらって
ぶしょう髭をなでる
神はごきげんにわらって
五時をすぎれば
古ぼけた時計とともにやってくる

霖雨

つゆどきにははやい霖雨が
湿っていっぱいの空気をはこび
機関車の鉄が灰色にかわって
とけるように走り
〈うどん粉〉がつかない麦が
青く丘に茂っているが
まだ村のくらしをみたしてくれない
つゆどきにははやい霖雨に
青黴の菌糸からきのこのはえ
きのこは葉緑素をもったいきものとなる

寿量品

―星諦誘老師の年賀状に―

寿光無量の年賀を
なんども読みなおしてみた
越年の心象に
処世のつかれをうつしていたわたしに
年賀は人のほほえみとともにきた
寿光無量の年賀に
わたしは新しい人生をみた

〔2〕中期詩篇

第三詩集『女神』（一九八九年刊）より

一

女神を信仰してしまった
男の信心は篤く
眠られぬ夜明けまえに
雀たちがねぐらをはなれるように
さわがしく
祈って陽がのぼる水平線で
女神の裳裾《もすそ》を
おぼれるときにつかんだ
わらのように
お籠もりのおんなが信心の数珠《じゅず》を

にぎるように
しっかりとつかまえて
ねあせがからだぢゅうの毛細管の
なかからもがきだした
多摩川のかわらよもぎの
にじるの効用が
駆虫剤としてつかわれた時代に
女神が生誕したとしても
えびづる虫にくわれたふじのつるを
折って幼虫をつかって釣りをしても
一匹もはやがかからなくても
信仰する女神の像が
朝の光のなかで輝きを
増すまで祈った

二

落合川の清流を汲んで
髪をすいた女が
やがて川瀬をわたって
近くに咲いている山吹と
しょうぶを摘んで
手にもって歩きながら
白い家のまえで
たちどまって私はここに
住むのだわと
つぶやいたときから
そのまま時間が動かなくなって
女神の神殿となった

五

女神の乳房は檸檬《れもん》の青とかたさ
乳頭は処女よりもあかく
つねに真直ぐにたって胸の
絹の襞《ひとえ》をつきたたせ
畏敬のまなざしをうける
女神の乳房は熱国《ねっこく》の女房の
温暖に恵まれた大きさになってはならない
青みとかたさをまるく小さく
まとめて
檸檬の端の
つんと張ったのは
女神の涙がたまって

果房《かぼう》をさげてなった
檸檬のよろこびをまとめたと
造化神が伝えて
あの神殿の女神を敬う
信心を一層に篤くした

八

二月に磐城の梅の花の便りを
もらって豊間の海浜を歩いて
塩屋岬の灯台の下に出たら
えにしだの黄色い蕾をみつけて

海の音をきいた
いわきの浜の二月はすでに
春を迎えて白い波がしらは
やわらかく砂をはってすいこまれて
きえる
塩屋岬の下の浜で
ゆりかもめの声はきこえないが
砂にすいこまれる波の
波長の間に韻律をだいている
かすかな手の動きで
春の海鳥の羽音を
律して女神の頌歌を
きくことができた

十五

駅舎の屋根が白くひらべったく
あたりはひとつひとつ灯の色を
ふやして小さな連絡船も
こちらの岸に舫《もや》った
石だたみの坂道
石垣の家まわり
瓦ぶきの屋根
小さなくぐり
石だんをひとつひとつ
下りきって
千光寺をみあげれば
宝珠に灯が輝いて

大宝山の松の針の
おちる音がきこえる
静謐の宵のひととき
女神の領する夜の
訪れのまえぶれか
因島《いんのしま》も夜のいろに
つつまれた

十九

広瀬川をわたって杜の街を
すぎれば荒涼とした黄白色は

白とかわり雑木山の雑木の
黒い幹がまだらをつくる
雪はさくもつも人も氷づけに
したように
動いても動きとならない
東の人の性をつくった
栄華をとげた毛越寺《もうつうじ》の
浄土の浜の小石がかちかちと
音をたててふれあうとき
ゆりかもめの餌づけに成功した
遊覧船は機関の音もなく
桟橋に停泊している
ああ
あの津浪の痕跡をしるした
水位線がものがなしく防潮堤に
しるされていて

流れさった財産と時間を空しくして
思いだしてはする津波訓練の
半鐘の音をきいている
三陸の海が続いている
かなたに赤道の
常夏《とこなつ》をおもう人はいない
広瀬川のうたのしらべもとだえた
あのたぎる熱気をひめて
水沢の黒石寺《こくせきじ》に雪がふり
暗夜に祈る蘇民《そみん》のうえに
仏陀の恵みのつもり
雪のふる

二十二

女神が列島北部へ旅立ったあと
男は雪の石槌山をこえておきな椰子の
並木をつくった駅前通りと
日曜市のたつ楠の巨木の通りで
椎の実を熬《い》った屋台のまえにたった
さはち皿の葫《にんにく》の厚切りと
魚を土佐の醤油につけて
くってはいごっそうな気分に
ひたってみた
得月樓《とくげつろう》の女たちは年をとったが
土佐女の凛とした気性で
いごっそうどもを撃退しては

痛快にはしけんをたたかわせては
酒をのんで夜がすぎる
となりの白髪長身の勲二等が
いまの竜馬のように
談論風発柔よく剛を制して
都にあって六年いまは土佐の
好々爺然としてなお警世のことばは
人をくって夜がふける
いごっそうが学者になると
牧野先生となる
学閥がついに大学助手の辞令しか
出さなかったというが名誉なことだ
男の勲章だといっても
一連の人間たちが新聞をつかって
大植物辞典にけちをつけたが吝嗇《りんしょく》を
わらわれるのは学閥の方だと

記念公園のかるすとを模した奇怪な
石灰岩がつぶやいて
ますます奇怪に
あっちむいてはほいこっちをむいては
ほいと
いきちきちむっちきちでたっている

二十四

石生《いそう》の水分《みわか》れ橋で分れた水が
生瀬《なまぜ》の岩床にたどりつけば
数十羽の鴛《おしどり》の浮き寝の宿となって

間もなく宝塚の歌劇の舞台を
めぐって脚線の踊りを楽しもうと
集った信奉者の心をときめかせて
鶩の憂き思いとへだたった
この世のうさを払わせて
あの石生の水分れ橋のたもとに
咲いている蓮華の花の色をてらすように
脚光をあびておどる
かどのの奴踊りとしんぼちおどりが
はやってきたが
村の衆が村にいず街ばの勤めに出ては
日曜日に野良仕事をする
習慣がついて雨が降っても
日曜日でも休みでない
困った新時代のしきたりのなかで
鶩の憂き思いも武庫川《むこがわ》の

流れのように流れきれずに
わが身の惜しさがつたわって
赤松の色は赤茶けた赤松となった
篠山の城あとからみえた
澄んだ水がいまは白く濁って
女神の沐浴の楽しみをうばった
松材線虫にとりつかれた
日本の松の不惜《ふしゃく》が
風にのって流れていった
女神の沐浴をあの篠山の
城あとからみた澄んだ水で
羅につつんだ檸檬の乳房を
ひたして豊かな沃土にそそぐ
女神の恩恵も百姓にわたらなく
なったいまはしもの川べに
田をつくる者もいなくなった

女神の羅裳が川原の
小石をはらって遠い昔の
石生の水分れ橋に分れて流れた
清浄な水をもとめて
ひらりと舞った

二十五

いま武蔵は五月
騒々しく緑の色とにおいの
千年のいい伝えに
欅並木に

祭りのはりがみがはられて
宵宮《よみや》のときめきの
日かずをかぞえる
六社の白丁が
えいやさえいやさと
白張《はくちょう》がよれよれとなって
神輿《みこし》の渡御《とぎょ》
いま武蔵は五月
国府の祭り
御旅所《おたびしょ》に高張提灯《たかはりぢょうちん》が
ともって裃《かみしも》姿の世話役が
朝を迎えて冷酒の味が
のどにしみて白丁はねこむ
千年の欅が枯れて
新ぼえを植えたが
駐車場の広さが

いやに目だつ
神域となった

町内の神酒所《みきしょ》のまえに
若い衆が集って
太鼓をぶってはおかめをおどる
稽古をはげんだ子供たちが
めんをとったらまたひょっとこが
あらわれてかわいらしく
並木のいぬざくらの花穂を
見あげてああきれいだなと
つぶやいた
まだ　しでの花は細い
しでの房が花となるのは
祭りがすんだ梅雨の入り
もうこれだけの祭りの

にぎわいでは
千年つづいたくらやみの神事は
あかるい祭りとなった
植木市の植木屋の樹種も
かわって松柏一位から
槙《まき》夏牡丹しゃら伊吹となり
仕立も株仕立がはやって
並んでいる
いせいのいいかけ声と
値づけの呼吸は青空のしたで
神前の祭事のように
おおらかに終わる

いま武蔵は五月
青葉のしたたる緑
神馬のいななきに

大太鼓のひびいて
神輿のわたる
いま武蔵は五月
欅の幹の亭々とのびて
稲田の石工が彫った
御影石の大鳥居の
石の割れめにも
氏子の坪庭にも
新しい種子のはえて
やがて百年
国府武蔵の欅並木となる
その日また番場町の
流鏑馬《やぶさめ》の白重藤《しろしげどう》の弓の音のさえる
白日に先住民の遺跡の
赤土のしたから蘇って
国府武蔵のやぶさめの

綾《あや》藺《い》笠《がさ》をみる
いま武蔵は五月
昔氏族がひとつであった時代
あの威貌冠も一族をともなって
杜の篝に集って祈った
　　父母《ちちはは》も
　祖父も
　曽祖父も
　打ちたりし
　国を創りの
　拍手を打つ
若い村びと宮村喜森がうたった
うたびとたちが杜の樹々に
朗吟した
樹々は喝采をおくった
その息吹は杜にあふれ

女神の産ごえとうたびとの声は
斎庭《ゆにわ》にあふれて
氏族の弥栄をいわった

二十七

都府樓の礎石のうえにたって
筑紫の山と田畑をみわたして
やがてたなびいてきたかすみに
つつまれて音のする
きぬずれの音のきこえる
蓮華の花の咲いた田のくろに

ほとけとなづけられた
草の宿命がいまに生えて
悠々とかわらないすがたが
そこにあり
ほとけのざは抽苔《ちゅうだい》まで
ほとけのざ
へびいちごのあかい実を
千年の昔のこどもたちが
口にして毒にうたれた
悲しみ
きぬずれの音に悲しみを
観世音寺に葬ってつたえる
碾磑《てんがい》のきしみ
地蔵菩薩の大いなるすがた
舞楽陵王面は大陸民族の化身
やまと民族の創造しない

異形の塑刻
あのあれた鐘楼のある寺の
五輪の塔にこけのはえて
菩提とむらへとこけのはえて
鐘をついた僧のあるいて
都府楼の礎石のおおきく
楼閣のない空間のひろく
夕べの祈りの声のひびく

三十

女神は羅のうえにうちかけを

まとって新しい宇宙の
くにつくりに旅立つ
天都山の天壇にこの秋にとれる
能取湖《のとろこ》の燃える谷地珊瑚を
しきつめて祖神をまつり
純情な明彩を緬毛にそめて
あの優佳良《ゆうから》つむぎを織りあげて
祖神に献上する
女神の羅をつつんで
宇宙を旅する新しいうちかけは
珊瑚草のしきつめられた
能取湖の朱赤《しゅうせき》のいろ
女神が北の湖のうなぞこで育てた
珊瑚虫が能取の湿原に堆って
草となり北の国を彩る自然の祭り
珊瑚草が咲けばしべりあの寒さを

にげて鶴が白い羽毛をひからせて
谷地の朱赤と凍る寒さに
あざやかな冬の帰来となる
優佳良を織る美瑛川《びえいがわ》高台の
綾女の筬《おさ》がよこ糸をくりだし
機の音は鶴の舞踊の伴奏となる

三十五

女神は襦《はだぎ》をとってみずきの
枝にかけ裳をとって
にわとこの枝にさげて

輝く裸形の神像となって
青の緞通によこたわり
苔の絨毛にうまって
朝のいのちのような
玉露で沐浴をすれば
白磁のぬめりは
深奥のひかりを
よみがえらせて
李朝古窯《こよう》の
火のぬくとみとなる
よこたわった
裸形の神像は
地にはった絨毛の
青と白磁のつやと
かすかな黒とを
とかしてつつみ

新しい宇宙の
星雲系をつくり
男は光年のはやさで
つたわる女神の
檸檬の乳房と
鮮やかな
黒の群りに瞳目し
かすかな重みのある
裳をさげた
にわとこの枝の
ついの葉に女神との
芽ぐみを迎えて
新しい星雲系の
いのちの起源に
たどりついた

第一詩集『恋歌』（一九八八年刊）より

夜更け

甲武信岳《こぶしだけ》の屋根を
吹きぬけた風が
駅前のテラスの赤煉瓦の
継ぎめを掃きたてて
帰るべき人と
送るべき心とをわけた
あのたかくかかった月が
欹けてまた満ちてくる
まえに

わたしのこころの潮が
幾たびか干満を
くりかえす間に
また月はのぼり
沈んだとしても
あの人をおくるべき余裕が
二潟のようにつくられ
甲武信岳で濾過された
すみきった
さえわたった
夜の風に
帰るべき人と
送るべき心とが
柝《き》を打ち合った音となって
人どおりのたえた夜更けに
風の翼がくりかえしては

風速に逆らった渦巻きを
街々の
屋根をこえて影をつくる
かさねた脣の
あつさが
ひえきった風に
うばわれるまえに
風の寒さをさえぎって
脳漿に冴えた音叉の振動を伝える
深更なんとたくみな
なんと鮮やかな
人のこころ

追憶

もう　追憶を語る
時間がたったのだろうか
追憶を弄ぶある心象が
無規則な音階にのって
過去と現在をたどっては
くりかえされる
美しくもあわれな
物語の誕生をいわった
幻の時のすぎさった
短音階のきれめ
もう　追憶を語る
時間がすぎさったとしても

くりかえし　くりかえし
美しく　あわれな
物語の朗読
雪の降りつもった陸屋根に
涙こぼしては
この氷溶かそうものぞと
たちむかうくりかえしに
もう　追憶を語る
時間がすぎさったのだろうか
はかなくも燃えた
燃えさしの幽かな燻りに
いき吹きかけて
目にしみる燻りに
熾《おき》の火いろをみつめ
いま　追憶のとき
もう　追憶を語る

時間がたったのだろうか
無原則な音階の
長音階の永劫のつづきに
たそがれて
濠に映った夕映の
ひとときのかがやきの色
なに迷いくれなずむ
〈苦悩の旧里捨てがたく執着する〉
都鳥の啼きごえのなく
いま　追憶を語り
追憶を夢にみる
くりかえし

塘《つつみ》にて

濠《ほり》　氷はりつめて
塘　夾竹桃の生い茂りに
何日かがすぎさっただろうか
空漠
そのむなしさのゆえに
燈芯かきたてては
奮いたたせようとする
あかきこころに
結氷点のように
着氷がつづいて
また凍りついてゆく
閉ざされた世界に

ひざしのこぼれ
あかりのこぼれ
塘の法面《のりめん》にすぎさってゆく
ひかりのかたむきと
遠ざかってゆく焦点に
うすくぼけては
空漠が漂い
いくつかの想いを写しては
ゆれる
何日がすぎさったのだろうか
濠の水の凍った朝に
追いついてきた
あし音のような
人影のきえさってから
塘の夾竹桃が
真夏の花の色を

凍った濠にうつしだすような
突然の変化が訪れるわけではない
なおそこに残る映像をとらえては
あかきこころの証しをとどめ
自然のくりかえしのなかに
溶けこもうとする

鳰《にお》無情

鳰の水に沈み
となりの一羽また水にくぐる
鳰の掻い潜りの定めのない

水面へのあらわれに
一　二　三　ゝ　ゝ　ゝ
ゝ　ゝ　ゝ　七　八　九
時を数えては
まったく気まぐれの方向への
浮かびあがりに吐息してはみる
いま水底に藻の生えるのか
澪《みお》をひくとびたちと
またかいくぐり
浮巣つくる日をまたず
岸辺の人の去って
小舟の浮かびに鳰のかいくぐりの
つづきに
遠がすみする都の空に
またあらわれる雪雲のいろ
雪雲かさねて降り積れば

雪かく人もなく凍ってかたく
道のとざされる
いってしまう人との
別離の無常と意味のないつかれが
鳰へのいとおしみとなって
濠の石積みのあいだの
わずかなすきまが広い余裕の
様相となってひろがる
青の芽のよろこびを育て
しだの繁りをつくる
鳰の澪のひろがりが
岸辺とどく間に鳰のかいくぐりのつづき
雪雲のくらく無情の冬の景色に
いまは岸辺の人とのへだたりとなった
鳰の澪のきえて
無情へのへだたりのひろがって

鳰のいとおしみの深く
水底へもぐる

草いきれ

草いきれの責めぎは
塘をこえて
地上に充満し
唸りつづけた草刈機が
八月の直射にいすくめられて停まれば
濠ばたのたちどまりに
まひるの日射し

草いきれが遠い乾し草の香りとなって
過ぎ去った幼児体験のように
なつかしむあのおもいで
渇きが濠の水でうるおうように
気温が渓流にひえるように
節気が遠ざかっていった
その変化のなかに草いきれが滲透する
都心八月の西の空に
雲の峰の現われては燿き
地上に激しい眩暈《げんうん》をおとす
草いきれと八月の眩暈《めま》いは
いってしまった人のおもかげを
浮きたたせては
くりかえす抱擁に雲の峰のくずれる
草いきれの責めぎは
塘をこえて

百日紅の赫となって
八月の地上に充満し
雲の峰のくずれる

辿る

伊吹の歩道にそって闇のながれ
ひたひたと夜の冷気をすって重く
隣りする人との垣根となる
無人の夜の建物の壁に街の灯をうつして
乳白色がうかび異人街のように
佇立してひえる

昼にのんだ酒のほてりが隣りする人にも
伝わってあかく　きっとあかく　つなぐ
堤塘《ていとう》の犬ばしりが闇にきえるまで遠く
ふたりのあしなみをつたえる
右にしても左にしても
いづことも知らない酔のなかに
闇の音をきいて辿る
案内する隣りの人の
息遣いにかさねた脣のあつさ
闇のなかの遠景ににじんだそれが
冬の夜の灯りとなった

無雑《むざつ》な夜

あの夜のなんと無雑な時間
無限の空間にかかえられて
時間は純化をすすめ無雑となる
朔風に清められた空気は
天空の星をとらえ
光芒を洗っては撒じ
洗われた光芒は光年の距離を
ちぢめて地上を覆いつくした
ああ夜のいっときの
なんと無雑な時間
幽かなたまゆらの響きは
堤塘を歩む二人の心底に記憶となって

未来への残像を天空にうつしだした
堤塘二人の歩みは
星影を映し
朔風にこごえて佇み
天涯を吹き抜けて
さらに無雑となって
天空を駆けて
星を凍らせ
綺羅の世界をつくった

冬のかげろう

冬の陽のきざはしを照らしても寒く
社の下見板の飴色に秋材の浮きたって
洗い落とされた年輪の淡く映えて
冬の陽をかえす
冬の陽の寒く
小径に吹きたまった枯れ葉の積もり
風の吹いて冬の陽のかげろうの
よろよろと舞いあがって
冬の陽の照らし出す影に
近づいてきた人のこころが赫々と燃えて
越年の夜更につかまえた心象のひとり歩きが懐かしく
さらに太く赫く凍土に浸透する樹液の流動となる

白いろにすけて篩管を通りぬけた樹液に
冬の陽の反応はたぶん高次の分解と融合を
くりかえし気温をつくり出し凍土にしみる
冬のかげろうのよろよろともえて
冬の陽のてりかえしも寒く
時のたって高くあがった陽に
人の近づいてくる気配はつのり
また近づいてくる冬の陽のかげろうのよろよろともえ
抱きすくめられるように
赫々と人のこころがもえる
冬の陽のかげろうのなか

火群ら

紛れのないゆくへを暮れなずんだ色あいのなかで
ほむらの焔心にあつめて苛立ちの燃えさかり
梵行を狂おしくして恍《わす》れ果て
仄暗い秘密の淵に立った誘いと
射竦《すく》められた戸惑いを
紛れのないゆくえとさだめても
なお六道にゆきくれる
包みこんで焔心に引きよせては燃やし
燃やしては沸点への到達をはやめ
燃焼は極限の愛惜への痛みとなり
暮れなずんだ心象を絶えだえに暗闇のなかに隠し
色を失って闇にそまる紛れのない焔をわけて

包みこんでは揺りもどす繰り返しに
やがてもみの色の目眩いを網膜にやきつけ
仄《ほの》仄《ぼの》と焔心の揺らぎとなる

時間

出逢いふたたびの日に
紛らうことなく逢着するかとの
不安と期待に綯い交ぜて轍の軋み
路床礫の角のとれる磨滅に
過ぎさった年ごとの
記憶の跡切のあいまに

紛らうことなくふたたびの出逢い
閉ざされていた時間の舞いもどりと
裸身を陽に曝されるような躊躇《ためら》いが
大川の鉄橋の橋げたと一瞬重なってよぎり
跨橋駅の時代がかった赤い煉瓦壁と
対峙する時間
不均衡た矛盾
その矛盾のなかに斜かいにのびた
都会の空間は天に向って細く
雨雲につながっていま訪れてこようとする
ふたたびの出逢いの時間を刻んでいる
あああの躊躇いの重ぐるしさ
そして蹈惑《ふみまど》い
天空雨雲に刻んだ時がその超越を許容するというのか
いまふたたびの出逢い

第二詩集『花鎮め』（一九八九年刊）より

師走の土

師走　風のわたって
秩父の山やまから
吹きぬける風
けやきのこえだの
谷地川の穂すすきの
白いたねの
夕暮れの
足にしみる寒さ

春のどろは夢の感覚
師走のどろは
地下たびの凍る
寒さの感覚
その感覚がきえるとき
鍬をあらって月に
わがかげを映し
写幕に山のかすみ
師走の百姓のすがた
画布から抜け出られない
悲歌と悲劇が混ざって
月かげのなかにすわれ
風の色にながされる

小正月

篠をきって幣《ぬさ》をさげ
凍った畑につきたてて
小さくきった餅を
あたりにまいて
豊作を祈る
正月十一日の蔵開き
こごえる寒さの朝
まだこのころ秩父颪に
すいとられたかわきはなく
谷地の耕地には
御降《おさが》りのしめりがのこる

花鎮め

庭いちめん花を咲かせて
土のいろをかくし
桜のはなびらちるところもない
はなびら風にとんで
吹きだまり
埋まって
花しずめ
安穏に
はやりやまい鎮まる
谷慈郷《やじごう》の
花しずめ

ぬばたま

ひおうぎの花
日射しうけて
ひおうぎの花
ぬばたまの夢の
日かげよけた
木立の静寂に
昼の音のきえたある日
昔の語りの音曲の消えさって
夏祭り
ひおうぎの濃紫《こいむらさき》の花の斑《ふ》の
ひおうぎの花のぬばたまのたね
日かげよけた絵ひがさの

昼のひかりまわした
昔がたりの
ぽっくりの
すぎさった箒め

谷慈郷《やじごう》

I

ヤマタイコクが消えたように
谷慈郷もきえた
戦禍も火山流も
そこをとおらなかった

粟きびヒエが稔らなくなって
みやこへおくる貢があつまらず
谷慈郷が消えた
方形周溝墓は縄文の時代
丘のうえに祀られた
見晴らしのいい高台を
えらんだおさの顔に
ひげがはえていたろうか

Ⅱ

新田《しんでん》の原のつちが障子の桟に積もる
目もあけられぬ日に落葉《くず》はきをする
陽だまりのヤマブキのわきに
アマナもヤマゴボウも

鎌のさきに春のみずあげの
篩管のいのちをとばす
くぬぎの枯れ葉だけは枝についいて
春の酣《たけなわ》になるのをまつ
くぬぎの幹をけずれば茶色の
厚い皮はまだ冬の色をたもって
葉をふるうにはもうすこし
暖かくなって綿入半纏《はんてん》のおもさと
ぬくとさを邪魔にする
作代の汗のにおいが
撒きちらされてからだと落ち着いている
そのころめじろの番鳥が
目白おとしにかかった
堆肥《つくて》をきって肥ざるを
腰にまいた縄で横だきにして
じゃがいもをうえれば彼岸となる

しきみの香の華がきいろく
散るとおもえば
八重に咲いた水仙をきって
墓まいりの客が訪ねてくる
子芋とさつまいものかこいがとかれ
もちがよかったと喜び
やがて親いもに塩をふって齧りながら
木の芽を摘む
新田の原の土けむりのなかを
リヤカーを曳いた作代の
腹掛けにたまったごみをはたいて
たばこのにおいをかぎ
〈桔梗〉の包みが高くなったと嘆きながら
石川澁《しぶ》の柿の根もとで一服つけ
大岳と陣場の山をみる

Ⅲ

三眠までつめで摘んだ
桑を剉《き》って蚕にくれる手伝いは
三年坊主にはいやな午後
農繁期休みになった学校へ
いったほうがいいと思ってみても
桑摘みの籠の桑の葉はふえず
手指についたちちがかゆくなって
じしばりのはえた桑ばらを
籠を引いてつぎの木にうつる
じしばりのはえた〈十文字〉の葉は
いくら摘んでも量《かさ》はふえず
一貫匁十銭で約束した桑摘み賃も
なかなかむづかしくなる
となりの畑の葉っぱのでっかい

〈改良ねずみがえし〉の葉をつんでは
蚕にやれず十文字の葉のちっちゃいのを
てっぺん五枚を残して摘む
春蚕《はるご》のできがよくなければ
七月の天王様の祭りも
さみしくなるとみんなが思う
春蚕は蚕室に炭火をいれるので
あぶないといいながら
五歳の子がおちて
足の甲にやけどのきずがのこったが
顔でなくてよかったと
近所のおなごしが話してまゆかきとなる
川向こうの糸工場へ運んだ繭の値が
帰りの酒まんじゅうと団子を買う
懐具合となり
それは糸工場の等級次第

ほんとうは〈かいぢょ〉して
みなければわからない繭が
糸工場の入口でまんじゅうと
団子のかずをきめて
じじのふところにはいる
毎とし一等にならないで
三等が多いと小言をいっても
おかいこの先生のいうとおり消毒もして
ほるまりんの霧にむせんで掃立てをする
おかいこのしきたりである

Ⅳ

半夏生《はんげしょう》に大蒜《にんにく》を刻んで
小豆三粒と合わせてのむ

〈あつけ〉除けの呪いをばばがつくる
半夏小僧をなかせた
庭のつめくさをむしって夏が来た
とうにまつぜみの声がうるさく
学校っ子は帽子に白い覆いをつけ
どどめの粒が
白い覆いに紫のしるをつけてしまえば
洗ってもおちないと叱られる
暑さにあたれば蓼の葉を
塩もみにして足のうらにはり
ねつで遠くなった気をもどす
半夏生にことしとれたうどんこで
やきもちをまるくやいて
糸とりのわくに切らずにのせて供え
半夏小僧をなぐさめる
もう草いきれの道を

はだしで歩くことはできないと
川におよぎにゆく子どもたちが
むぎわら帽子の新しいのを買ってもらう
方三里医者のいないむらの祈りである

V

ぬるでの葉にあかがさして
樹皮が白いしるをとめれば秋がくる
手ぬぐいを二つに縫って
竹の輪をつけた蝗とりの
袋をもって田のくろをあるく
水をおとしてもかわきあがらない
畔《くろ》からじわっと水がしみでて
ほていぐさやかやつりぐさを踏みつけても

たよりなく泥にもぐり
ズック靴に水がしみる
いなご百匹もとれば
湯をとおして翅をむしって
煮つけとなる
五位鷺が川のふちの
篠やぶから田におりて
やがて鉄砲ぶちの解禁の日がくれば
秋の終わりとなる
ぬるでの葉はすでに散って
月夜にさらす骨のような枝を
むきだしている
かなむぐらの蔓もあかみをつけて
泣いた継子の引っ搔ききずもなおり
葉っぱの落ちたかなむぐらの
棘は下刈りの作代の

手にいたい

VI

振馬鍬《ふりまんが》にあたった石が
ふたつに割れて化石がでた
億千年前の親潮のなかにうまれた
化けもののような帆立がいの
貝柱がまだ未熟児のように
まんなかに貝柱をたてて
貝のひもに結わえられて眠っている
億千年前の親潮の流れが
ほそや川の埋もれ水となって
帆立がいの化石をつくった
子どもたちが唐鍬《とんが》で川ふちの

石を打ちわっては化石ひろいをする
親潮が遥か遠く
青森海岸の沖に流れをかえて
帆立貝はかごに閉じ籠められる
平内海岸小湊の冬の海にシベリア白鳥が
氷点下三十度の白い波に浮いて
一月の寒さのなかで
ばけついっぱいの貝柱だけの
化もののような帆立貝を
夜行列車に積んで帰ったその貝の味
化石となった帆立貝のうまる
谷地川のほとりで
父親と食った平内の帆立貝の
味をおもいだして噛みしめてみた
親潮が流れていた億千年前の
谷地川の底に沈んでいる化石が

有史前のものがたりとして
〈しゃが〉の根がしっかりとくいこんだ
わら屋根のむねに
いわひばのかたまりが一緒にはえて
宇津木村の高台の方形周溝墓の
先住民の墳墓のうえに
また先住民がすみついた

谷地川

Ⅰ

男はのどをわずらって
ひからびた声でさけぶ
水がにごった谷地川の川原に
野鴨がおよいでいる
プランクトンもいもりも死にたえて
谷地川の川底の石のノロは
はるかむかしからの清流にとりついた業《ごう》のように
ヒノジドウシャの穢れをため
濁り水のゆるい流れ
男はのどをわずらって
B・O・Dといっているが

ＨＩＮＯ・ジドウシャにはきこえない
はるかむかしのしきたりのきよめが
東京湾六郷の河口に辿りつけば
沙魚の奇形のえさ
ＨＩＮＯにはきこえないＢ・Ｏ・Ｄの泡の音
いもりもプランクトンも死に絶えて
閃光のような翡翠のカワセミも
いろのあせた剥製となった
とびかうのはカワセミのぬけがら
いもりは赫いはらをほして乾涸らびた
子どもたちが鈎はずしにこまった
いもりよイモリンタンよ
群来《くき》の瀬につく春に
アマナの咲いた櫟の山の下刈りをして
山いも堀りの穴をうめて
サイカチの半分砂に埋まって湿けた

音のたたない莢《さや》をひろって
もうこれでは風呂にいれられないと
谷地川にながした

Ⅲ

谷地川の曲がりかどは
なめ土のえぐられた
深所《ふかんど》となって鯰の棲む
前の山は河岸段丘の舌端
舌のうえに赤松の巨木が
繁っていたが供出して
ひさしく松がはえてこない
一本残った山の神の松も
マツノザイセンチュウがもぐり

赤くかれた
深所《ふかんど》の曲がりかどで
鯉を釣ったうわさが伝わって
半分　あそび人がのぞいていく
前の山のすその
カタクリの花がおわり
オオバギボウシの抽薹《ちゅうだい》のころ
代《しろ》かきがはじまる
子どもとおなごしが
竹ざおで牛のはなをとる
牛がいちばんの働きもので
あった時代の稲つくりである
まだB・O・Dの禍のない時代の
米つくりである

Ⅵ

ヨソドメの実はすっぱかった
舌はすぼめた口さきといっしょにしびれた
牛ごろしの実が赤くなれば
いなごをおって田にはいった
子どもの白い靴もどろにもぐらなくなる
きいろくなった蝗は
てぬぐいでつくった
ふくろのしりに青い糞をためる
〈われもこう〉の実が太ってくる
やがて色が濃くなった柿がとりにねらわれ
石川渋の木は百連の実をつけて
干し柿となった
白く粉をふかせた柿は

十個の種をもって縁起となる
市場にもってゆく朝は
師走の風のなかで
新田《しんでん》の原の霜ばしらが曲がる
丹沢と秩父の風の間に
正月を迎えるいも洗いを始めようかと
四斗樽に水を張って洩れをとめる
ヨソドメは葉をふるって
赤い傘のような
実だけをつけて
藪のなかに残った

VIII

八日に市のたつ日に

座ぐりをした紬《つむぎ》を売りにだす
やがて老婆が死んで
糸のまま仲買にうった
糸秤の分銅の糸が太いといったが
仲買はさらに小指を上手につかった
六斉市は紬座・高見世座・紙座
麻座・太物座・肴座・塩座・穀物座
薪竹長木座・麦麵座の十座
いまは六斉市とだれもいわず
八日町の町名となった
大善寺の十夜の夜はサーカスが天幕をはる
暁橋も木の欄干がこわれ石造りとなり
新地もなくなってだれも
足をはこばなくなった
兵隊屋敷が御陵の近くに
できたので八月のはじめに

Ｂ公にねらわれ
千年のまちやが焼けてきえた

X

谷地川は右に曲がり左に
くいこんで流れ
日野用水と十字に堰を
つくって水をとめる
堰は上流二丁水をため
コイもフナもナマズもウナギも
イタブナもタナゴも
そこにひそんだ
投網は村おさのだんなの得意わざ
鉛をさげてしずむ

網をひょうたん形にひろげてうつ
真夏の朝には毛ガニもアユものぼった
日のくれがたの二本の楊の下は
かっぱの棲み家
子どもたちはうすきみわるくかけぬけた
雑木のやまは秋に木の子をうんだ
しめじ・ちたけ・ほおきたけ・ささこ
前の山の赤松にまつたけもはえた
谷地川上流三里豊饒の土地は
あわ・きび・おかぼの実る里
横山はゆるくなかほどのわら屋根は
あづまの村の家のつくり
むかし放った赤駒は
どこにきえたろう
男たちはとりかにて
ただずんで黒女と去んだか

困民党も小作の争議も
誰も口にするものもいなくなって
農地は解放された
小作人は豊饒な土地を
宅地にかえて家がたった
七百年のむかしの
谷慈の郷を地図から消して
赤い瓦屋根の桃源とした
いま谷慈郷は東福寺の
古文書にのこり
谷地川の流れのなかにきえた
梅坪のささら獅子舞のとだえて
訪ねる人もないが谷地の川底に
沢がにが石にのって
ふいた泡が宇宙にとびたって
千年の夢を伝えた

男はのどのわずらいからなおり
豊饒な土地に祝詞をささける
　あっぱれ
　あなおもしろ
　あなたのし
　あなさやけ
　おけ
男はこえをあげて
豊饒なさとをいわった

〈谷慈郷・谷地川〉
八王子市谷地川北岸に位置する。
中世京都東福寺領、江戸期幕府小宮領のうち。

〔3〕

後期詩篇

第五詩集『うこの沙汰』（一九九七年刊）より

能登島にて

1　冬の不実

冬はその不実を雨にとかし
雪　ひとひらの舞うことのない
能登の冬景色とする
七尾湾海面下の変化は
晴れた冬にその不実を誇示して
夕暮れを拒み
海神もまた魚族の回遊をかえ
漁網の嘆きに海は白濁して砂子を洗い
巖上松《がんじょうまつ》の緑に風は不機嫌をよそおい

冬の寒のはてに身をおいて
能登の白雪と気温の
純粋な凍えの彷徨にまかせられない
この冬の不実
あまりにも虚実の底に漂った
七尾の海の暖冬は焦燥に似た暗灰色を
冬と春陽とを混淆し冬への愛惜を覆す
この冬の法則の否定
〈冬においでなさい〉という
心象の否定
冬の不実にとまどう
惑乱の冬景色

2　港夜明け

叩きつけられた雨音の一夜が
まだ名残を残して
明暗のさかいを押しひろげ
漁船の船だまりを離れる
港　夜明けのうすあかり
廃船とあしざまな漁網の横積みは
沈黙の夜のあけきらぬ漂い
使いなれた年数ほどの硅石〈がり〉は
海のうねりの合間に咲いた白い華
海水の煮凝った供えもの
だのにしつらえられた撰別台に
鱈の姿はなく不実の冬の事実
そしてかなしい非理

3　島めぐり

花綵《はなづな》　ふところのおくに
花ひとつ対馬海流をのがれて
花びらを浮かべ
能登島とした

地殻変動は半島を背に内浦をつくり
褶曲《しゅうきょく》はこの島を花びらとして浮かべた
冬の不実が北東《あい》の風を止めて
鱈の姿をかくし岩礁と波のもたれ
降り残りの雨と青さぎの対照
まだあけきらぬ野崎漁港の朝である
獅子吼山山門鐘楼素木《しらき》の柱に苔のはえ

数とりの正字の数が百八つとなって
撞いた除夜の名残がなつかしく
人生無常すべてあの世は
南無阿彌陀佛と刻んである
本堂伽藍裏手に雪の吹きだまり
能登の名残の消えのこる

山がい島別所《しまべっしょ》に海のなく
神を祀り斎庭《ゆにわ》とした
いま向田《こうだ》の女神は豊饒の火祭りとなり
男神を招くいいつたえ
大松明のもえ火祭りの賑い
おすずみの祭り
氏子一統火の柱への祈り

〈百万石〉に鍬を入れ〈百万石〉に草を刈り

まったく開拓は蒙を啓く村づくり
入植先代は開拓小屋をいまも守り
むぎと葉たばこをつくり
若いあととりと嫁は
怜悧快活に
子を育て作物を育て
〈百万石〉の百姓となる
百姓　弥栄《いやさか》を神に祈る
開拓村のたたずまい

春日楽天

まったく雲を払い去った空と
すっかり乾燥した芝草の間の
暗やみの漂いのなかに
幽かな霜のおく音と
霜柱の育つきしみをききわけながら
闇のむこうへ辿る道の寒さ
夜の衣もこの寒さを遮りようもなく
凍る朝までの時間と空の間から
あの春日を迎えようと
楽天にも山頂をさしてのぼる
異説もまた一瞬のかぎろいとなり
闇を抜ければ新春の雑煮をたき

屠蘇がわりの酒をぬくめ新しい春の祝い
かぎろいも大いなる太陽のさきぶれ
春日楽天の朝は山巓こよなくも晴れ
異説また尊かるべしと祝いことほぎ
雑煮はうましうまらぎの子いも
すずしろは岬の高台のはるぶくら
谷慈郷《やじごう》の糯粟《もちあわ》とうるち米五分の餅は
とけてくずれたが塩汁をひとときわとした
ああもう一献酒の樽をあけて
青いはる萌えをさそい歓喜のうたにそそぐ
山頂はあけの星ひとつを懸《かか》げ
やがてその輝きが春光をさそい
霄壌《しょうじょう》は木立の繋りにとぎれる
喬木の聳えて天空にたち
宿り木の寄生するはつきかえか
つきならば斎槻《ゆつき》いわいつき挿頭《かざし》は千寿への祈り

かすかな陽は冬の赤をてらし
矮叢《ぼさ》を寄せつけぬやぶこうじの群がりとなる
冬の日の人目を忍び矮叢を凌ぎ
地に這った勁さを籠めた山橘の
赤い実は甘いのだろうか
柑子《こうじ》蜜柑の味だろうか
迎える春の根じめとなった
改元そして新たな世代
果てしない未来への予言は
心情惜別になりたち
是非より辛酸は絆をつよめて生きてきた
はらからはいま一世をおくり
〈善人なおもて往生〉をするときいて
悪人の安心《あんじん》にひたる
まったく雲を払った空間と
すっかり乾燥した芝草の間に

春光のけはいの盈《み》ちて
東天を拝すれば雲も地も天も
あけにそめて陽ののぼる
酒樽の雀躍りに
霄壌一瞬の動転は
春日楽天の世界をつくった

萌える

暁晨　曙光は明かり障子の白を透《すか》し
迎えた春を鮮明にする
格子の木はだはやわらげに

椹《さわら》の香をよみがえらせ
縹渺《ひょうびょう》として杣《そま》の道をたどる
すでに星辰は一陰一陽の運行をおこし
霜にひそむくろ土の青の芽ざし
露地の敷松葉はこすぎごけを包み
松籟の余韻をのこす
師走まで朔風を濾過した
屋敷囲《まわ》りの樹々はあかがしと二層をつくり
肥沃な土壌に根ばりして
蒼天に高く家を繞って繋り
すでに　はるは篩管《しかん》に流動する
納屋の南に落葉を踏みこんだ苗床の
温床紙のあぶらのにおいは遠い思い出
ふまれる福藁《ふくわら》は豊作の名残
この秋の稲づくりへの安堵に纏《まと》い
稔りへの祈りとなる

冬の花蕨は黄金の珊瑚となり
ころいど粒子の胞子をとばし
寸尺の碧空を染めて小宇宙をつくる
杜松《としょう》の毬は紫黒にそまり
実群《むろ》は陽気にはじけ
小ねずみは誘われて針葉にさされる
あけの光に小庭のいぶきに山渓をつくり
気構えをととのえて共存し
胞子も　こねずみも敷松葉も　福藁も
萌える春へ　芽ぶく春へ
微塵の　いのちの誕生となる

凍土

男神と女神を祀る高嶺《こうりょう》からの風は
春に松籟《しょうらい》をたのしませ
夏に陽をおおって憩うが
冬に颪《おろし》は常陸も遠く武蔵までも凍らせ
地表わずかの乾燥と落葉の舞いをさそい
くろぼくの水気という水気をあつめ凍土とする
八百匁《もんめ》の開墾鍬も鶴嘴《つるはし》も
熔鉱炉にあともどりしたように
鉄の権威を失って曲がり
地上からの侵入を阻んで凍る
この季節凍る寒さのなか
人は何をもとめてか土を墾《は》り

汗と落葉をうないこむ
未墾の原野もまた
何をもとめるでもなく土を養い
先哲は作物の創造にいのちを捧げ
たすけて化育《かいく》と生成をくりかえした
男体と女体の二神の山巓《さんてん》は
遠く陽にそまって鎮り
近く陽をためて土をぬくめ
人は何をもとめてか土を墾り
春にたねをふり
夏にめひしばをむしり
くりかえし　くりかえし
くろつちをつくる
人は何をもとめてか土を墾り
凍りついた土に
二神を祀る嶺に

沈む夕陽に
地温のたかまりをまつ

窓外の眺め

㈠

向ヶ岡の遠景が朝と夕べに姿をかえ
丘々の斜面段階に霞がかった桜樹がつづき
風をうけとめて沈静した白の五弁が
散ることを忘れて咲いている
きのうは雨　氷雨のような雨
前の日は晴れて五月の気温をしめし

その前の日は雷と稲妻ばしり
彼岸には雪と花びらに濡れた窓
武蔵野台地段丘崖線《がいせん》からの眺望は
崖線南端を区切った多摩の流れとなり
調べた布のいろのおもい
桜樹も雑木の山もあかねさす雲か
むらさきがさねのいろか　消えさったもの

（二）

展望する武蔵野台地は平安の都に〈むらさき〉も
〈あかね〉も貢《こう》じたが
万葉の植物園に植えられた末裔は溶けてきえた
〈うけら〉の白の花も可憐にときなきものをと*杜絶《とだ》えた
段丘　川べりの対鷗荘《たいおうそう》の灯りは遠く
連光寺谷戸の鳥獣実験場に巣をつくった〈あかしょうびん〉の羽音

も
〈みぞごい〉も〈とらつぐみ〉も〈さしば〉も渡来と営巣をやめた
狭間の大学校から巣立った若者は
あてどをなくし働きのあるやなしや
いまだに風の便りもきこえてこない

㈢

川瀬のはねあみ漁の漁師のみた〈あゆたか〉は白い泡の瀬に流され
禁猟区も御猟場のゆかりも記念館に納まった
丘陵のすそと稜線にはられた鳥屋場《とやば》の網は
小鳥といれかわったぐるみっくのざわめき
冬の網場の萱刈《かやと》場に〈かやねずみ〉のこまりの巣と
根かたに枯れた〈なんばんぎせる〉の花のあわれ
〈いぬのふぐり〉はうすくれないの花を
〈おおいぬのふぐり〉は青く帰化のつよさを春にさきがけ

日当たりに落葉につつまれて寒さをくぐり
〈にりんそう〉と〈いちりんそう〉はやぶの南に陽をうけて白い
〈やぶかんぞう〉は内裏様の十二単の人形となり
〈ふき〉の薹はすみ火にあぶられて燻香とほろにがさをさそう
〈たまのかんあおい〉の葉は冬を緑いろにかためた

(四)

つきたった給水塔に泉龍寺の湧水の涸れ
掘られた古墳も和泉式土器もかげろうの彼方となった
高句麗《こうくり》の古墳ににた亀の大塚もいまは崩れ碑をのこし
金銅飾板毛彫模様の薄板金具は貴人の腰のものであったのか
直刀も玉《ぎょく》も殿堂のような博物館に蔵《かく》された　窓外　桜樹の花びらに
にて
狛江百塚も古墳時代も縄文期も六世紀からのねむりも
ふたたび異人との移風易俗《いふうえきぞく》に武蔵の風上をかえ

本紀も列伝も一紀を秩序して記されるだろうか
せめて窓外　朝日のなか花びらの匂いを残してと

＊わが背子を何《あ》どかも言はむ武蔵野のうけらが花の時無きものを（万葉集巻十四）

竹の花

竹の花が咲いたころ
世の中がかわってきた
たしかこの年の夏
突飛なことを言い内閣ができた
そんなころ竹の花が咲いたのだ

あの豪壮な家が焼け　屋敷を廻った真竹の
怺《こら》えてはじける音と火ばしらに
春さき真昼どきの足がすくんだこわさ
やがて　あととりがいくさに出征《でて》ゆき
働き者の嫁が家を守り
火にたえた真竹は生えかわったが
出征いったあととりはもどってこない
根を育て樹の枯れをさけると
ばらいろの幻想もふりまかれたが
根も幹もきりすてられた
栄耀の口説はさまよい
高説万巻の書きものはあとをたたない
谷地川べりに咲いたやがらじも枯れ
宝永のころからの石塔が
どこからも見通せる明るさとなった
竹の花の咲いて

竹の籔の崩れ
竹の花の咲く異変のいいつたえは
たしかな人も迷う竹酔日《ちくすいじつ》となった
あれから三十年また三十年
花の咲く兆しに
あのあととりはどこにいるのだろう
出征いった男衆はもどってこない
竹の花の咲いたころ
世の中がかわってきた

うこの沙汰

彼岸会からの日かずに
墓がこいに青の生え
終の棲み家の磨かれた石に
風は際ものをあてこんだにおい
白亜霊廟に他者のことばが泄《も》れ
匿《かく》されたもののかなしみに莫《く》れる
彼岸会のすぎたころ
楢《なら》の花房は群がって垂れ
一冬を枝で越した愚直さも
愚《おこ》のうちに土にかえった
到来ものににせたご政道は
利略《りりやく》のはやりやまい
非理の口舌に熄《き》え
二四・四一四メートルの石造りに納められ
水糸をこえられない
東京湾中等潮位海水面に漂ったくらげは

葦の簀《す》にさらされた
梟師《たける》たちの窮民救済は
冥府《めいふ》のよしみからの谺
鬼が鬼を追うおこがましさに身震いする
　窮民でもおろかでも普通のくらし
　愚直に生きているのです
慎みやかにひかえ壁土に刻まれた
賢治さん悲願自戒を
ヨクミ　キキシ　ワカリして
律儀平穏なくらしのなか
古謡*を替えた

　水溜る　難呵佗《ながた》の池の
　堰杙《いぐい》打ちが　襤褸《ぼと》知らに
　青味泥《あおみどろ》　接《つ》ぎけく　知らに
　我が心しぞ　いや愚《おこ》にして

今ぞ慙《は》ずかし
なおあれてしげる　はぐさを毟《むし》って
葦芽《あしかび》の萌えあがる地をつくってまとう

＊古事記中巻明宮の段応神髪長比売《かみながひめ》

暑い日

暑さに地表の草も萎れていた
夏の日
頭を傾けて聴いたはじめての声は

暑さと重なり混じり合って
とおりすぎていった
暑い日
どろやなぎの葉にかくれ
遠い湧き出しの源流と
注ぎこむ海の間に細流《ほそ》は佇み
暑さに直立する生身と
こうほねの白さは隔てられていた
もう還ってこないものの流れ
咲いた一花は黄色に
澱《おり》のような夏の日を沈め
悔恨は祈りとはならない
別れは峻別のしるし
暑さは広場に蓄えられ
雲の峰の崩れから
壊された昨日のひかりと

明日のこうほねの白さを窺った
広場に息づいているものは
ちからしばの異様な花穂
寄り集まり密生する暑い日のおもい
紫と黒にそまっていた
——八月十五日

ハリフダ

〈娘ヲ売ルトキハ相談シテ下サイ〉
コノ帖《ハリフダ》ヲミタコトガアルカ
売ラレタモノノ　売ッタモノノ

哭クナミダノナイ
ナミダハ　イマナガレテイル
ソレヲミル　ココロハ渇キ

遠クナイマエノカキツケ
古文書デハナイ

茶ノハタケ

ドコマデモ　イチメン
漣漣《レンレン》ノ茶バタケ
コノウエヲ　飛ンデイッタ

カエッテコナイ人タチヲ
待ッテイル
イツマデモ
知覧　茶ノハタケ

氓《タミ》

棄テラレタノデハナイ
シイラレタノデハナイ
若カッタココロガ
キメタコトダ
チチモ　ハハモ

ナニモ　喪《ホロボ》シ
護ラレモ　シナカッタ
ソシテ償ッタ
償ッタノハワタシタチ
誰ソ彼モノ

ふきのはな

この天空の青を抜けだすと春の色となる
凍っていた地表から福藁の剥がれる膨らみ
わずかな射す光をとりあって鳥たちがとび
岸の棒杭まわりに魚《うお》たちの集まり

誰かが呼んでいる
誰かを呼んでいる
ひかりと風の色が温もってとおりすぎ
濃さをまして藍色となり
耀《かがよ》い輝いて天空のひかりとなった
萌えるものと気吹《いぶ》きの胎動は
氷結しただいあもんどの浮遊をけし
つつんだ苞《ほう》を根毛圧がつきあげてひらき
冬と春の交錯は華々しく
花蕾を色でそめる
誰かが呼んでいる
誰かを呼んでいる
何者かがはらいのけた福藁は冬のしるしをけし
青空からの掛けごえに
びっくりした地表に
春のときのつくられる

抜けだした宙空に舞ってとぶものが
節季のかわりめをつくり微塵は塊となる
まったく予期しない反応は
何者かが呼び集めて冬の氷をたたきわり
それがまったくひっそりとした
款冬花《ふきのはなさく》ときとする

濛ばたの夕景

宵の星の片寄りは
たてこんだ高層の軒をかすめ
上弦五日の月と同居する

くれなずみは夕景のいっときに
草のいろもかわった
宵の星は幻となって懸かり
公孫樹と楠の並びに
赤い川の流れは交わることのない
無機の点滅をくりかえし
朱で消された〈霊廟《モオゾレイ》〉*1は
石工の名を刻んでのこった
濠ばたの夕景にうごめくもの
赤い流れにのみこまれるもの
霊廟塔屋の窓から
〈ふるさとばんざい〉の声は
空のない空に村づくりを谺させる
〈おおやまむら〉*2十七歳乙女の純情が
せめて　たそがれ分明の空を飾っている

＊1高村光太郎「協力会議」
＊2現大分県日田市大山町

第六詩集『理想の国をとおりすぎ』(一九九八年刊)より

クリオネの住むところ

凍った夜にクリオネが泳ぐ
クリオネは無影の幻影
真なかに朱いさんごいろのひかり
泳いでいるクリオネ
とぶように躍っている天使の時間
いたわりを待つひとに
あでやかにいさぎよい妖精の舞い
あかい帽子白い帽子それが
クリオネの訪いはじめ

集ってのぞく夜の闇と無影灯に
輝いている

さえぎっている硝子の厚さほどに
音が消えて遠い色

訪ねてきたクリオネがふれている包帯

白い帽子あかい服
紅い帽子しろい服
ああ青いのもなんのしるし

きっちりと電灯の消えるとき
きっちりと朝の灯がつくとき
クリオネの存在

笑がおがかわいいあかい帽子の
目のぱっちりした白い帽子の
はなしのうまい青い帽子の
名前があるのにわからない
みんないっしょうけんめい

心ばせのあかいクリオネの
顔ばせのあかるいクリオネの
動き

病むひとの癒す人の集まり
武蔵台の病棟のまなかの集まり
クリオネの住むところ

遠くに見える山は
ナイチンゲール記章をはじめてうけた

クリオネのふるさと＊
そうだみんなにクリオネ記章を贈ろう

＊大正九年、日本で最初にナイチンゲール記章を受章した萩原タケの生家がある。
東京都西多摩郡五日市町（現あきる野市）

うおの目の泪

花のいろは旅愁の足もとに
うずくまっている
月のひかりは哀慕惜別にきえ
道ゆきは過ぎた日へのあゆみ

俗語をただす日にもどれない
もどかしさ
辺境はこわされそのまたさきに
辺境ができ風土のいろがかわる
速さにのせられて一具をすて
五器をえりわけ
たしかに見まわすと
きんきらびかりにさわがしさに
ひしがれて蛻《もぬ》けとなった
憧れと旅愁は未知をみすかし
道祖神に招かれそぞろ神と
旅にでる
見まわしても見まわしても
慎しみと追憶は消され
〈風土俳句の終り〉*をつげ
魚が泪した淵に沈んでいる

＊草間時彦『風上俳句の終焉』

虚無僧の乞食《こつじき》がゆく

虚無僧が歩いてゆく
師走の街を歩いてゆく
連れだって歩いてきた
二十年　三十年のみちのり
山は雪
里は風
帒を背負って頭陀袋をささげ

虚無僧がゆく
むなしさも捨て
大空に虚空をつかまえ
冬の空に凛として歩く
白い手甲で尺八を飾り
虚空にむけてなげうって
虚空にむけて吹きならし
街まちを家いえを
　有に非ず無に非ず
編み笠に行乞《ぎょうこう》す
山の天狗も里のりんごも
赤くなった
山は雪
里は風
虚無は無畏
喨りょうと殷いんと墨いろのころも

すきとおった風のゆれ
無性に人をこいしくする師走
条理のようなものがみえて
虚無僧が歩く師走のまち
尺八を吹きかえす杜のいろ
人をこいしくする師走まちのなか
虚無僧が乞食《こつじき》する

あまたの虚無僧の乞食は
師走　上州沼田にあらわれる

おとめ山と高樹

その樹はあさ日に海ばらと淡路島に
ゆう日には生駒の高安山に影をつくる
高樹の舟は水を運び
塩を焼いた竜骨は燃え焦がれて
あたり七つの里をさやさやとつつむ
琴をひびかせ[*1]
人と木はよろこびをわけあった
思いのままのおとめ山は
樹でかくされ水をつくる
やがて五百年のいのちの樹も
千年の樹のいのちも伐られ
とぶさ[*2]だけの峰となった

椢《かや》を育てた魚梁瀬《やなせ》*3の山も
お止めの布令にそむいて
裸地に罪と罰をあらわし
きり株にとぶさを伝える故事もきえ
そこにやまびこはかえらない
高樹の伐られ
おとめ山の伐られ
なお残ったもの

＊1　古事記下巻仁徳（高樹ありき）
＊2　木の伐り株に一枝をさして祈る神事
＊3　高知県安芸郡馬路村魚梁瀬

聖地はもどらない

聖地はぴらとり*1にある
〈内地〉の杜に霊屋《みや》を祀るように
新しい年に七五三に詣でるように
堰《せき》は祖霊の地と祈りを沈めた
沙流川《さるがわ》の岸のあしおとに
水を抜くそれも滑稽だが
慢《あなず》ったものこそ沈め
立ち返したらいい
それがぴらとりの風となり
それが二風谷《にぶたに》にそよぐ未来への思いとなる
沙汰*2がつくられた日
遠い祖霊のことばで語られた

〈あなたたちはにっぽんという別の国からきた別の民族です〉
このことばはどこに刻まれるだろう
どこに刻めばよい

＊1　北海道沙流郡平取町二風谷
＊2　平成九年三月二七日、土地収用に違法の判決

愚公と権公　山を移し水を絶つはなし

Ⅰ　頭首工　水とりぜき

上流には沈んだむらそして家はたけ
下流には涸《ひ》われたかわらそしてかわらははこ

はるか遠くの人たちが水を攫《さら》ってゆく
つくられた大きな堰と
ちから加減の水分《みくま》り
木も杣も水守りだが理由《わけ》はしらない
堰は水との縁きりづつみ
すどおりした水はかえらない
頭首工《とうしゅこう》がつくられる
水とりぜきがつくられる

Ⅱ　河口堰　水とめぜき

すでに赤とんぼがとぶ空は無い
翼はもぎとられてひさしく
あおこいちめんの水をたたいて

青い子の育つ赤とんぼの夏
あおこは土と水の逆縁にうまれ
さくらいろの魚は
たどりたどって河ぐちに盗まれる
海は雨をつくり雨は川をつくったが
筒のようにたちきられ
川は竹の節につめられた
武蔵の逃げ水は地の底に流れ
断ちきった鉄の道を埋めた
せめて柿田の湧水に富士の名残り
川も海もせきとめられ
水脈《みお》は遠ざかる
河口堰がつくられる
水とめぜきがつくられる

III　うみさちひこやまさちひこ

古いころ海幸彦の幸《さち》鉤《ち》は海の
山幸彦の幸弓《さちゆみ》は山の
幸をまもった
すべては海やまのくらし
すべては百姓《ひゃくせい》の田を墾《ひら》いたころ
貧窮《まち》にはかせぎ
飢饉《うえ》には耕し
困苦《くるしみ》にはちえを
おぼつかなくおろかにたけりもし
ひそんだものといさかいもし
こころふさぎもし
海幸彦と山幸彦の
高田《あげた》づくり下田《くぼた》づくりをかたりつぎもした
潮満瓊《しおみちのたま》と潮涸瓊《しおひのたま》のいいつたえのたえたころ

さかさながれの逆さ川に
抜きさしならないもののつくられ
神話の否定はいつわりの土台に
居すわるまつりごととなった
高田をつくり下田をつくるおのもおのもの
ありがたくなつかしみおもう
絶えることのない祈りの
やすらぎ

Ⅳ　唐くにのむかし

卒翁愚公が山を移し嗤うひとには
〝人は絶えない山は増えない〟といった
人は唐くにのうたにさそわれ
世の中の虚につかれる

滝守役人*のうたを今風にすれば

陸《くが》モ海《わた》モ天ニツナガッテヒロク
オレノモノトモ誰ノモノトモワカラナイ
時タマアラシガ箕ヲヒックリカエス
コンドノアラシハソレヨリヒドイ
（州南数千里）

マチバモ　ムラモ庶民《きょうだい》トイワレ
一所懸命ハタライテミタ
ヤッパリオ上ハオカミノシゴト
罪ホロボシノイジメハ無用
（工農雖小人）

権《けん》は人のうえにおもいあがり
権《ごん》は仮りのくらいにもくろみ
〈権《けん》〉と〈権《ごん》〉のふたまたのきしみ
唐くにのむかし

愚公山を移した

*韓愈「滝吏」のうち

Ⅴ　やまとはいま

円頂の丘が新山
海水が洗うかくれ礁《しま》
尖塔は崩れ火の流れ
やまとに山の増え礁の増え
鉄の板は波しぶきの頓扉となり
海神の道を塞ぎいろこの宮をとざし
嵐は末裔《すえ》を箕でふるった
白い立毛のいなぼ
積まれてもつぐないのないみのり

町方と村方に解答は二つ[＊1]
都鄙《とひ》は遠ざけられ
都におもねる権《ごん》のうまれ
鄙は人の絶える
権《けん》に憑《つ》かれ権《ごん》のおごりに
異土の旅路のとだえ山も動かない
遠のいたさきに諫早上《あが》り地六七ヶ村
百姓二十人[＊2]のいのち
〈御減地《おげんち》御断《おことわり》の儀〉は
二五〇年をかたりつぎ
塩をかぶる洿田《くぼた》四千石
いつの日に安堵の稲田となる
やまとはいま夏安居《げあんご》の渇き

＊1　柳田国男『都市と農村』
＊2　古賀篤介『諫早義擧録』（諫早百姓騒動、寛延二年・一七四九）

理想の国をとおりすぎ

〈ここでは証明の土台の上に立つことができる〉

ヴィスワヴァ・シンボルスカ

まず拝金信仰の思想が積まれている
ここでは過去をすぐ忘れる特別の
性能を得ることができる

ここに生まれるものは取り引きじょうずの
高潔という人格をまとっている

そこに流れる水は止められない
水に五つの未来を求めるが
賽のかわらの石積みのくりかえされる

石は水によって流されることを恥としない
それが川という諦めを拡げ
押しながされる蓮台のうえの居心地をつくる

そんなものが政治といえるのか
新党という鼻についた得手勝手が
政治目的となる反閇《へんばい》を踏む

閉じこめられなげいてみせる
雨の糸にぶらさがった意味のない木偶《でく》の存在

気高かった木鐸の音もかすれ
民意をあやつる説法めいた論説が第三面に刷られる

森があるとすれば三本の木がある

黯《あおぐろ》くふちどられた陽に
空気と水がよごれおしだされ撒かれたりする
どんな疑わしさも花を鋳《い》こめた敷石に蓋《おお》われる
少しの雨と風が埃と汚れをぬぐう役目をおわされる
頼みも頼まれもしない公約がいっとき吹きぬけると
すべては秘密のなかに閉じこめられる
右手には御上《おかみ》をわたくしする権威
左手には幻滅した思想の旗
確信の炉の火は消され炉前の土も乾いた
手を組みかえたものだけが
しあわせにひたることができる

未来はつねに明日に求めよといわれ
かさねて刷《は》きかえられる化粧したに
とりつくろい閉じこめられ
専ら守られる権益というもの

のどもとをすぎてゆくものはいつわりの飽食
あらゆる商標《やきじるし》への信仰そして偽づくりに
あきることをしない幸福

そんなものを魅力という
山の頂をきわめながら
何ひとつ満足のない空をみるだけを楽しむ人たち

〈まるで人はここから立ち去る〉*ことをしない
頂をきわめたごくわずかは次に塀の内側を辿るようだ
〈理解しがたい生の中に沈んで〉*

忘れられない人生を抱きかかえ
あしたくる未来に歩くだけ
理想の国をとおりすぎ

＊ヴィスワヴァ・シンボルスカ「ユートピア」（沼野充義訳）一九九六年ノーベル文学賞受賞者

第七詩集『村』（一九九九年刊）より

沈んだ村

絡みあったものは杜《もり》の神に糺《ただ》され
掟《き》めごとは寄り合って生むが
村は泥の下に潜り喋らない
わたしは訳合《わけあ》いを聞かなくてはならない

〈いまのままに百姓を養うといえば、いかにも人間的だが、むらを否定し、向上のため階層を分化させ、村の人間の運命を決定する。いまのままでは、百姓を養えない。つくりかえることは、非人間的ではない。農地の売買を自由にする。規制

は発展を阻害する。そし百姓の多いことも……〉
と基本対策

渡来の従者の含み声がする
わたしは薄い唇を読んだ
盗むための儀式なのか

ばらに刺があるという陳腐さの花束が
ばらいろの幻想となった
捨てられた包み紙を染めかえ
花ばたけで鋏におこる衝動は
花を切って満足するか
わたしは鋏をもぎとって堰に沈めるまでだ

目を眩ませたものは
渡来と組んだ道化たちが撒く

拾ってはならない迷路のしるし
虚脱と飢えに検地そして検見
わたしは欺瞞の坪切りを
正当とする組み立てのなかにいた

縄はのたうって重機とからみ
かがやいた家紋もやがて泡となった
平穏に村を沈め貧乏を追い出したと
で　豊かになったの
五輪の塔に鉦《かね》の音
わたしも仲間とたたかねばならない

村に積もる雪はとける
杜の神の糺すものがある
村を埋めた牢《かた》い土

沈んだ村に
わたしを寂寥とさせるものはなにか
わたしを高揚させるものはあるのか

離村

家をすてる離村のしらせ
旧離を蘇生させ先塋《せんえい》の冢《つか》は崩れ
野辺送りに祈れない人たち
わたしはがらんどうの廃家に残された
村むらから人が追われ

人びとから村が奪われ
せめて竈神《かまどがみ》の煤をはらう
罪追いの身じまいができた

縁切りの竈がえし
「かえりなんいざ」と帰った人*1
「かえるところにあるまじや」とうたった人*2
わたしは旧里忘れがたく候と呟いてみる

背を向けた敗北の日
批評に村の伝えが汚染され
住みなじんだ土が遺跡となる
わたしは別れことばを埋めている

敗北は村ざかいの締約
蒙昧の村つくりを

鮮明にする村こわし
後生車《ごしょうぐるま》にくぐもった懈怠《けたい》

疎の村にばらの過去
もう来てくれなくていい
欠け落ちた花びらひろいに
焚くことのない廃家に
わたしの埋火はないのだから

＊1　陶淵明「田園の居に帰る」。
＊2　室生犀星「小景異情」その二。

ちちははの死

ちち

誠之助は重さのない父を捧げた
戦争が終わって二年たった日
気味わるい弔旗もえらい人の悔やみもない
戦争で死んだことが迷惑となった
隣近所の人が葬ってくれた
わたしもいま葬送の祈りをする
白い箱に鬼号おにの名前が
誠之助と父を遠ざける
〈生きている人にはほんとうに迷惑なの〉*1
とうちゃんの死は間違いなの
死んだとうちゃんは音のない世界

わたしに音をきくこころがあるだろうか

はは

貧乏人だから扶助をちらった
〈おらえのうちはほかとちがう〉*2
かあちゃんは死んだとき何もいわなかった
だから死んでから笑った
やっぱりほかの人と違っていた

ぼくとばあちゃんで野辺のおくり
かあちゃんが死んで苦労を継いだ
かあちゃんの笑い顔を貰った
取り残され預けられる子ども
虐げられるって　そんなひ弱ではない

ちち

汽車の窓のむこうにかあちゃん
わくわくして顔が見られない
いい仕事につければいいと
ねたきりのとうちゃんは死んだ
村をはなれて仕事をする

何か残した気分になった
〈とうちゃんを拭いたとき〝おお〟といった声だ〉[*3]
嬉しいのか悲しいのかわくわくした
汽車が出たら外が見られた
窓のむこうにとうちゃんがいた

＊1　江口俊一「父の思い出」
＊2　江口江一「母の死とその後」

＊3　川合末男「父は何を心配して死んで行ったか」（『山びこ学校』）

雪国のうたい

津軽平野に雪　縄文のゆき
まっさらな縄文人の舞踊り
すがしさが原始のまま氷柱《すがこ》となる
縄文の雪のなかの道理
雪のなかのうたうたい

眠りからさめ案配のいい表情
律儀はゆがみ声はかたくなみだ目に土

煤けた暦のめくれ凍症《すんばれ》もなおる
縄文の雪におどけ笑い
雪のなかのうたうたい

春に咲くはな雪とかす花
とぼけ顔が笑われて半べそ顔
縛られ縛られた凍《し》み帳《ば》れがきえ
恥《めぐ》せいほどの雪のはら
雪のなかのうたうたい

氷柱《すがこ》の硬さ氷柱の厚さ
哀愁と悲哀で絵をつくる
雪国にいちばん似合ううたうたい
〃あんずましぐ　めごい*〃
春にかえってこい

＊あんずましぐ・しっくり気持ちよく
めごい・可愛い

蠕　動

ひなたの水がぬるまって宇宙をおよぐ舞子《おどりこ》たち
〈ええ　8《エイト》　γ《ガムマア》　e《イー》　6《スイックス》　α《アルファ》〉＊
そうですこれがぼうふらです
舞《おど》り上手の蠕虫《ぜんちゅう》です
あかいいろした舞子たち
〈蠕虫舞子《アンネリダタンツエーリン》〉＊の舞子です
子子《ぼうふら》・子子どうやら漢字も同じよう

やっぱり舞りをおどっている
いまはぼうふら飼われている
象牙の塔の桶のなか
天水桶も溝川もきれいさっぱりきえていった
　ＤＤＴにパラチオンいっしょにきえて水の底
　残っているのはおなじみ噺家《はなしか》さんの高座だけ
　トントントンとたたかれ得たりやおうと沈んでいく
　あたまはちっとも使わない筋肉おどりで動いている

宇宙を泳ぐそのときも逆らわないで泳ぐとよい
筋力おどりで泳ぐとよい
おなじ仲間のみみずでも
地球にもぐって土をくい
小さなからだで丘をひく
だから蚯蚓《みみず》と書くのです
まるい大きな地球でも丘といっしょにひいてゆく

〈赤いちいさな蠕虫《ぜんちゅう》がひとりでおどりをやっている*〉

小さな村がトントントンまあるいたがをたたかれた
踊らされたり踊ったり夢みるような桃花郷《とうかきょう》
おぼろに青い夢だやら
天は空いろあおいいろ
　赤いちいさな蠕虫もすっかり親蚊になりました
　空を自由にブンブンブン
とんでく雲も〈アラベスク*〉きれいな村の飾り文字
やっぱりどこかぎこちないぎくしゃくとした飾り文字
いまの村むら村ではないとっくに村はこわされて
雲のかなたへ連れ去られ雲のかなたに消えたまま
舞りおどった舞り子が嘆いたはての空の雲
舞り子たちは水の底
むらの人たち土の底

村はいつでも蠕虫《ぜんちゅう》〈アンネリダ*〉の蠕動《ぜんどう》です

*宮沢賢治「蠕虫舞子」『春と修羅』

炭やきの祈り

山の神さまにお願いします
木を伐らせて下さい
炭を焼かせてください
犬小道を往ききします
炭がまの煙が山の雪をはだらに溶かし

炭が焼けた
赤い炭に消し粉をかけると
からだじゅうが熱くなります
町ばの人もきっと喜んでくれます
山の神さまから授かった温とさです
山の神さまを拝みます

問い

透明な風がわたしに吹く
ゆるやかに氷がとけ
流れる氷片にのって漂い

いつしか問いはじめてみる

花は咲く花へのみごしらえ
木はみずみずしさを標《しる》し
仰いで見よという
光はありあまり澄みきって
あまりの面恥ずかしさに
わたしは重力をうしないそうだ

忍びない霜枯れに
けぶるものが花ばなをさらう
山なみのはてに四有[*1]の現世
折りたく柴[*2]にむせぶかと
問いかけてみる

＊1 （仏）生まれ、生き、死んで再び生まれかわるまでの間の四時期の称。

（生有、本有、死有、中有）。

＊2後鳥羽天皇「思ひ出づるをりたく柴の夕煙　むせぶもうれし忘れがたみに」
（『新古今和歌集』巻第八）

興醒め

あれから世の中ががたぴしして
手をふって歩くことをやめた
かぶりものの俄芝居《にわかしばい》と
直面《ひためん》の見憎《みにく》さに
興ざめがはじまったのだ

すばしっこいものが目を抜いてゆく
わたしは壊れた枢《とぼそ》のむこうに
二合三勺《しゃく》を後生に隠《こも》った
選び出すことに辟易し
じっと息をつめて消耗を禁句とした

わたしは愚か者だから道程がとぎれる
小伝「暗愚[＊1]」の霜烈にうたれたりして
戦後の後に「人類進歩の幼稚性」が
掘り出されて飾られる
出土品は精一杯で耐えている

渡し守を奪われた渡し
渡ることは信心と引き替えるという
拒むことへの代償なのか
桃花郷の人目を崩し塞ぐもの

再び船着場を失ってはならない

中州に歪曲された葦がはえる
憑いたものの墓憑かれたものの骸
子どもたちに〝モコキタ〟[*2]の語りつたえ
古老は白い憑依に眉をしかめた

防がなければならない
市民一人の滅亡と引き替えられるもの
肩をよせて身ぶるいする人たち
広場へのひき出しの脅し
襲来するあるものへの恐怖

他人ごととして観る「十五年戦争」
死んだものを弔うとき傍観者にはなれない
卑怯と呼ぶことはしたくないが

傍観を勇気とも名誉とも
称えることはできない

たとえば戦争の夏に避暑地の別荘にいて
百姓を無知あるいは無恥とさげすみ
その手から糧を受けとる
やがてする変質の都合を持ち合わせなく
別荘の人にも糧をおくりつづけた

わたしを引きつけるものはまこと
有り余る物のなかに含まれているだろうか
押し売りされるものではない
ひっそりと佇んでいるかも
しれないもの

柳が緑をふく

花は装って
いろをもやしながら
人の真面目さを
ひたむかせてくれる

山に登ったときに田を打ったときに
満足するすがしさ
疲れを　突っぱったこころを解《ほぐ》すということ
流行という廃れを誰もが思っていた
海を渡ってきた我儘と締まりのなさ

戦後は終わった踊り場に出たのだから
といって戦後前をつくりかえる
刷り込み[*3]は悪魔だったのか
放牧された牛に焼きじるし
刷り込まれたまま成人した人たち

この島でひっそりと
犯してはならない尊厳をみつめ
悪魔祓いの幣《ぬさ》をふることを忘れない
羞じらいを膚にさらす裸に
高揚するものはない

踊らせるものが変質をよろこんでいる
予見どおり支配者となったのだから
渡し舟が動き出した
引き替えたものを積んで
わたしは越えてはならない仕切りに踏み止まる

街とむらに花びら
驢馬たちに饗宴
勲章は耳の大きさ

しっかりと歩きなさい
やまの猿に盗られないように

札《ふだ》入《い》れという儀式に
曝される批判に値しないもの
無党という結社に款《かん》はない
失われた款《まこと》による判決だけ
正確さは興行のおそろしさ

すでに興醒めた一群が散ってゆく
故郷に残された廃家は群れの収容を拒否する
棄てられた家の意地というものだ
わたしはその心意気をまもる
廃家でもいい語るべきふるさととして

興醒めしたすべてにかえ

＊1　高村光太郎「暗愚小伝」「山荒れる」『典型』。
＊2　山形県庄内地方の俚諺。「蒙古来た」のことか。
＊3　鳥などが孵化後間もなく目にしたものを、固定的に認識し、以後反応する。刻印づけ。

菜の花は咲いているか

安達義正先生に

大川のおおき堤に花いっぱい
〃なのはなはさいているか〃
問う声の澄んだひびき
杖をもち歩きまする

ひかり遮られたあの人のこえ

菜の花の花のさかり
黄の花の葯《やく》をたたいて
黄の花の蘂《しべ》をひらいて
蘂粉《しべこ》あつまって花となる
あの人に踏みしめて歩まする

菜の花は咲いているか
二毛づくりの田とわかれ
花は咲くくかわつつみ
いとおしく手にとられ
語られるあの人のこえ

菜の花は衆生救えと
帰依するは莢《さや》こもる小さき実

黄の花の芽ばえ育ちて
歩ますあの人の
ひかりとなって杖となる

菜の花は堤いっぱい
日のひかり川を流れる
一莢のはじけよろこぶ
空にとび土にくぐって
菜の花の群がり匂う

〝なのはなはさいているか〟と
問はせます師のすがた
黄の花のさかりのさなか
歩ますする師のひかり

いのり

播く人のゆかしさで芽生え
なつかしさをみのりとする
いのちなりけりのつぶやきを
きけばいい
ゆるやかでいい
しなければならないことを
さわやかにわがものとすればいい
ひとさまの荷物をしょって[*1]
ともとしてゆけばいい
うるわしい[*2]ひととなって
そのひとのすむところ
播くたねにいのり芽生えすればいい

＊1　古事記上巻「帒《ふくろ》を負《お》ほせ、従者《ともびと》と為《し》て率《ゐ》で往《ゆ》きき」
＊2　〃　「麗《うるは》しき壮夫《をとこ》に成《な》りて、出《い》て遊行《ある》きき」

第八詩集『失われたのちのことば』（二〇〇二年刊）より

もどらない

いくつもの　おもいがかさなって
もどってこないものが
さまよっている

広場の砂利に坐っている
八月　すでに陽は翳ってきた
うつ伏して動こうとしない人
熱い息は石の間に吹き溜まるが
いまさらの言い訳は聞こえてこない
いずれ洗われてゆく血のしみた石

陽炎が屈折をつくる
踏んでゆく誰彼は判らないが
彷徨の行方に辿りついたのか
あるいは此処と思い込んだ人とが混じり合い
あの時をさかいにためらいは脆く折れまがり
誰彼が連れ去られ
犬《いぬ》神《じ》人《にん》とされる裁きに問い詰められる

雨が降ってきた
砂利を洗っている
空からの劫火のあとも雨が降った
そう三月　焼いた骨を流した雨
呼ぶ声は聞こえないか
供えた花は萎れてしまったが
目じるしの櫓は白いまま残っている

雨は降りやまない
広場に降った雨が岸壁を濡らしている
帰還船の帆柱といわず甲板といわず
見送ったときの言葉を流していく
もういいんだ終わったのだと言ってくれるが
岸壁で出迎える者に切り込んでくる
ひとつだった志が追善の供養に残され
船尾の旗が濡れ小さくなって抱いてくれる

海を渡っていった馬たちは帰って来たか
白雪号の嘶《いなな》きは届いたろうか
息苦しい水底　たつのおとしごとなった馬たち
帰還船に秣《まぐさ》は積んでなかった
馬たちは帰らない
捨てられた蹄鉄は広場に錆びたまま

人は帰ってゆく
汽車という汽車をふくらませて
乗り継いで着く故郷であったところ
水は澄んでいたか緑は山をおおっていたか
ここに埋まる墓は無いと
家屋敷をたたんで旅立った
帰るはずのない骸
言葉と掌のあわいに忍びこむ

帰ったことの辱め
もどってはならない日に出会っている

広場に松の緑
徐やかに幹を育て力枝は枯れ
感慨を藉りて山河を見るがいい
鳶が輪を画いてとぶ虚空が
やがて節の穴から覗くこととなる
逃げたわけではないと言っていたが

迎えはこない
何もかもが見捨てて逃げていった
いいんだよ此処を墓所ときめた
吹雪がきたが奪われる温さはなくなっている
冢はここでいい小石を積めばすむこと

もう　もどらないから
どれもが傾いて光の射す方角を向いて
そして風の言葉を聞いて
くりかえしのない時の歌をうたって
いずれ土となってゆく
もどってこい待っているよ

気比丸

いま客船と沈んでゆく

海底でさびる鉄とうずくまり
やがて辿りつく生きものをつくった母なる海
遠いそこに近づいてゆく
やがて辿りつくのだろう
襲って来たものは
人の叫び声と温さの奪われた海水
魔性を固めた機雷が浮游する
船首を東に向けともづなを解く
船室に船足十二海里の動きが閉じこまれ
西からの疾風は余兆を捲くしたて
月齢十五日を数える
日めくりをめくれば敦賀港の一航海
結ばれることの無いともづなが流れる

気比丸午後一〇時一三分、触雷
一番艙左舷ニ浸水シツツアリ

乗客・船員四四六名　昭和十六年十一月五日

人が集まってくる
一瞬　端艇が救命艇と呼びかえられ
子供が着物姿の人が年寄りが乗り移ってゆく
甲板と端艇と海の間は
この人たちの焦る気持ちに泡立ち
白い奈落をつくっている

一度だけの轟音に船が沈められる
すべての恐怖が呼び集められ
何かを探してみるが探しあたらない
見つからないと呟いてみた
見つからないものは何か
筏が投げられている上級船員が乗り移る
この船が見放されたのか

そして沈んでゆく

*

二つの潮の目が流れる
岸に沿って暖と寒をおいてゆく日本海流とリマン海流
それぞれが自慢げに魚たちを棲まわせ育てた
浮游する機雷は寒い海に育ったのか
ピョートル大帝湾浦塩港あたりの
水母のような水蛸のような
凍った餅のように剝がれ
剝がれては浮き浮いてはながれ
風説は悪賢く繫留の鎖を切ったとも
浮游は企まれていたのか
地雷は埋められて動かず踏んだものを倒し
海の悪魔は触角を波頭に隠し

減速と之字《のじ》進行の船を沈め
浮游させるな掃海せよと確かに伝えたが
爆裂に海水と船客は入れ換えられ
船腹は破れ浮くことは終わった
無法なこと

電鈴の非常さが救命胴衣を締めつける
船の傾ぎは混乱を集め唆してゆく
怖れに習熟する時間は沈没までと限られ
助けた扶けあった援けられた波の花の白さに
去ってゆくものはいま　やってくるものは危難
乗り合わせた他生の縁が不憫となる
きっちりとした制服の若者たち
海難の憂きめはしらない耕す人たちが
沈むまでの危難をわがことのようにいたわり
不確かな波の合間に確かな端艇《たんてい》への道をひらいた

あのことばは怖れへの励まし
あのちからは悲しみへの慰め
ためらう瞬間と船が沈められてゆくときと
乗り合わせたことは宿命なのか
哀願とため息にどんな手だてがある
五千屯の船と端艇の間に応えるものは無かった

救命艇ニ乗リ移リシ乗客二四四名船員六二名
二七名ノ船員一一三名ノ乗客ハ乗ルアタワズ
午後一一時一〇分最後ノ第一〇号艇下サルル

この人は泳げないこの人は子供をつれて
年老いた父親と
どうすればいい
他人に親切にするとは　どうすることだ
このまま救命艇にのることも出来る

事に臨んで心を動かすな　と
呟いてみた　いまがそうなっている
ひ弱に臆病なことだが甲板を洗う波のなかにいる
誰かに言われているのか
言い聞かせてみる

＊

海水をかぶった寒くなってきた
霜が降りてくる
汲んでおいた水甕が凍り始めている
もう越冬まえの鋤起しはできない

武士の階級では
恥を知る心を大切にしたと聞いてきた
恥ずかしくないかと叱られた日

働いてしくじることよりも働かないことが恥となる
いいではないか百姓の小倅ひとりが
水漬けになるだけのことだ

危急の知らせに気づいたとき
正装の制服を着ようと思った
いい思いつきだと今も思っている
正装することですっきりとした
挫けそうになってはいたが
服装を正したことが心をおちつけた

最後の汽笛らしい
救命艇にみんな乗ったろうか
整然とうまくいったものだ
船と沈んでから三十年がたったころに
必要のない死に急ぎといわれ

歴史の本の主人公にされた

いつの世にも英雄はつくられる
おおかたは人を大勢殺してなるが
他人《ひと》ひとりを救命艇に乗せて英雄とされたらしい
徴兵合格のとき髭の爽やかな恩師は
生きて帰ってこい死ぬんではないよと言ってくれた
どうやら忠実ではなかったのか

氷山に突き当たった西洋の船から救われた人が
汚名を雪《すす》ぐまでに八十年かかった
それに比べ短い時間だ
三十年ばかりで英雄にされた
勘違いで正史を書くことは出来ない
あなたならどうすると聞いてみたい
巧言だけが目立つ本が絶版になった

それでいいんだ悪書が焚書《ふんしょ》された
時代がかわったなどと言ってくれなくていい

美しい気比の松原にかくれ
誹《そし》りながら妬んでいる醜さ
海に沈んだ若者たちを冒瀆する
いろの浜のますほの小貝にも見向きもされず
定めのない旅の終わりの日和に
敦賀の港に沈んだ鐘の伝説が聞こえてくる
いま　その鐘と一緒にいる
こころ澄んだ人に聞こえる音いろは
〈けいさん〉気比神社の鮮やかな朱の鳥居となる

死んで沈んだ人を潰すものに
やがてやって来る気づかない人も
どんな罰を背負ってくる

冬の海の掟は寒くてきびしいものだ

水涸れ

溢れ出し流れる水と言えない水
街を流れて汚れを洗いあつめ
すでに沸点は成りたちとほど遠くなった
暗い地底に透きとおる湖をつくり
そこに川　水らしい水を流していたのだが

ふるさとにはかならず水が湧いていた
石は洗われ水は磨かれて味をつくり

光る小魚ときに山椒魚も棲み
天におくる霧と靄をつくる
三尺の流れは何もかもを清浄とした

水が無くなっている
もう霞を食うことも出来なくなった
終の水は誰が持ってきてくれるだろう
水源の水が水源の人に使い果たされても
咎めだてはできない
待っていた水は流れてこなかった
喉にしみるのは幻想の水なのか
末期の水はどんな味だろう

貰うはずの雨は降ってこない
水の湧く緑陰の物語があっても
汲むことは出来ず

やっと辿りついたが水源は壊され
手を打って走りさる異郷人の姿

水源の春に若苗を植え
梅雨どきにまた植えた苗
いまでもあの唐鍬は使われているだろうか
もう間に合うまい木の育つまで
川を汚してしまったのだから

溜めてみたところで何時まで保つことだろう
人たちの稠密《ちゅうみつ》な慇懃な増殖は
街をうめて懇ろに水への礼を斥けた
堰とめては立ち去っていく怒り肩
いま水涸れなのに雨を降らす雲はやって来ない
隧道《ずいどう》に爬虫類の吸盤に似た石筍《せきじゅん》が生え
雨が降るまでのわずかな滴り

不幸の囁きが予言される

ふるさとを埋め墓を沈めた水面に舞台
水争いの大仰な芝居がかり
卑怯と知ってする異郷人の水盗み
関係のない見者は笑いこけ
やがて芝居に飽き水をくれと言う

渇いた喉にかすれ声
今際の人が隣で水を欲しがっている
水を盗られた井守は川底に潜んだ
子供の掌の柔らかな吸盤をもったまま
奪う人の爪はいつも何かで隠している

もう水は要らないと言ったらどうか
小羊の靴も鳴らないし燕尾服も似合わない

こころいきを飾ることもなく
湖底の土に積もった人柱のような墓石
へばりついた泥を洗っても
もう無駄なことだと知らされる
水は輪廻に迷い去ってゆく
転生したことを知らせながら

荒らし作り

耕田耕心のことばは隣の国から伝わった
田は耕して稔り心を耕して田も実ると
修養が人をつくると信じられていたが死語となった

反語の波間にもがいてみても
荒らし作りという理不尽が見えかくれして
道理を破ることが当たりまえとなった

じりじりと灼いてくる熱さ
やがての劫火となるとも
火種を播いて来たとも
にせの飽食が八分を占め
汗が糧をつくることを無駄にした
捩じられて二分の差別に彷徨うだけで
田園に詩人は帰ってこない
高々と積んだ白書はひま潰しを閉じ込め

発掘したあとの遺跡の寒々しさ
掘り出しては持っていく後ろ姿の紛らわしく
過去は用のないものと途切れる

そこに煙るものは故人と今とを分け
奪っていった人とうずくまる土が残り
栄光は儚く過去のしるしとなる
それが富士に似合う月見草だとしても
陽の光に咲くことのない日暮れどき一瞬のしぼみ

耕二は働く農民が所有する　と
革命の標語が漂っていく
予兆は耕者有田の底に隠されていた
虚無の空胎《くうたい》に鬼児が孕みやがて〈十七歳〉の犯慮
効能書きに当たりのないことが確かめられ
麦を踏む光景はのどかだが
冬の日当たりほどの裏作りに雀が涙してくれた
禁じられた作らずの耕土に芽生えるものがあるだろうか
播かれた種子は地の肥えを吸いつくし

稔り半毛の穂を細く抽くが
外聞のわるさに身をかがめ
就職列車に泣いて乗った伜はいつ笑顔で帰ってくる
なま土を齧るよりましと出稼ぎもした
あわれだねえ　ああ上野駅
基盤整備とやらで耕土は浅くなり
思案顔を案山子に笑われる

耕者有田といわれ買ったが
作らねば返せと言われ
作れば転べといわれ
田畑勝手作りは何処かに消えていった
怒ってはみるが余り米が積んである
働き者の息子も四十過ぎて身はかたまらず
町場に嫁づけた娘にも安堵はなく
跡とりのないため息は自在鉤に吊るされたまま

有田は矛だったのか盾となったのか
囃したてる鳴りものに自家撞着の音
溢れる食べ物になにが国産よ　と未必の虚構
あざ笑いが追いかけてくる荒らし作りの野末に
温室《むろ》に咲く花に囲まれているが実のなることもなく
蕪《あ》れたものが往き来もする石屋戸《いわと》が造られた
月見草に似合うものがあっても
何にも似合わない者がいるようだ

さとうきびばたけ

沖縄のむくげの花が散り
きび畑のうた*は終わらない
くりかえしざわわの風が吹き
散る花をどこの泉に浮かべるだろう
うたが岩穴の暑さにしみ
花しべはこの指とまれとのび
散ってまた咲いて魂よばりする

空港に暑い日が同居する
さとうきびを積む黒い牛に甘いにおい
ざわわの風も吹きどまって
直照りの畑は寂光土と匂い

海に帰るもよし
岩穴に埋めるもよし
悲しみのうたはあふれ

きびがざわわとした日
海を島を吹きぬけてきた
毟っても生えてくる〈めひしば〉を歯噛みして
担ぐ麦の穂は日暮れを苛々の闇にかえ
風がこの島の緑が消えたと伝えてた

鉢植えにした沖縄むくげ
遥かなあの島に帰さなくてはならない
もう海のむこうから
いくさはやってこないと信じあえようか
鉢植えにわずかの水を注いで
続いては咲く紅い花に

せめて祈るだけ

水牛にゆらゆらとした観光の足の運び
所詮は行きずりにすぎない者
きび畑に踏みいってみても
島うたをくちずさみ島ことばにほろりとしても
わる酔いに紛らわせても
遠くへ去った日が近づいてこないでと囁く

容赦なく照りつけるきび畑
ここは戦場だった
埋められた骸の骨洗い洗う人は遠くにいったまま
強い風が吹く暑い日の出立ち
もう帰ってきてくれ三線が鳴りやまないうちに

暑い日牛飼いの友と岬にきた

牛飼いにみすぼらしさが染み
わたしのわだかまりが陽に焦げる
昂然と暑さを光背に友は立って
きっとして還ってこない声を聞き
むかしきび畑で利鎌《とがま》を振るっていた人の姿となる

季節はずれの寒波のなかひかんざくらの花見をする
集会所では山羊肉と蓬《よもぎ》ぐさとを煮る馳走
有刺鉄線が金網に変わっても同じことだ
海のむこうから　いくさがやってきて居座った
黒い潮を割ってまたどの国のいくさがやって来るか
時ならない寒さが予兆とならないように
緋いろの花と紅いろのむくげが散りしいてゆく

琉球いぐさの敷かれ鍋は煮立ち
稜線は遙か海に暮れなずんで

そこかしこ　ひかんざくらを溶かしこむ
散るな散らないでと願い
花を散らさぬならば木を伐ればいいと
呪いごとの言葉が夜の海の潮騒となる
季節はずれの寒さだけなのだろうか

身を窄《つぼ》めて琉球畳に坐っている
山羊の声は赤子の声に似せる
〈はぶ〉の酒漬けも同じ生贄《いけにえ》の餐《さん》なのだ
口に残るのは蓬ぐさの苦みだけだろうか
でもしかたないんだと長い時間が過ぎ
とおり抜けていった風の音が止むこともなく
黒い色を織るきび畑を歩いてきた

飛行場からのみちのりと
〈嘉手納〉へゆくみちのりと

どちらが長く遠いか探しあぐねている

＊寺島尚彦詞曲「さとうきび畑」

魂迎え

片割れ月が大きな裂け目のうえを照らし
あるいは軌道をはずれ
魂祭りの夜に
名を呼びあいゆきかうときに
しめつけてくるもの

薄らいでいった空気
息遣いがあらくなった坂道
一将の功は成ることもなく
一卒の骨は拾われることもなく

約束があった
たしかにあのとき二つに裂いて
分けて持ちあったもの
どんな秘密がかくされ
いつ探しだされるかも知らず
魂祭りの夜に
月がかかる空に
片別れしたあの日

夕暮れどき不安におそわれる
過去が逝ったものの罪科なら

雲間の後光は未来への因果となる
迎えられない虚空に
いずれ業が曝される

乱れ雲が片割れ月にかかった
ひっそりと魂迎えする

第九詩集『毛野《けぬ》』（二〇〇四年刊）より

言依《ことよ》さし

人の立ち歩けるころの初め毛野《けぬ》に
地に苧《からむし》を刈り織りなし被覆《ひふう》とし苧衾《むしふすま》とし
染め分けて　おみな　おのこ
汝《な》と呼び　女《め》といいて
竪穴に火だねを点《とぼ》し
炉をきりて炊くほのお　燃え
粟きびの煮られて懸かる
これ毛野の初めのこと
女《め》と汝《な》の初めのこと
親　御祖《みおや》遠くみあれしころ
見合われしところ
甘野老《あまどころ》を掘り花に風を聞き
いら草のいらいらをしずめ
御祖　双び毛野に一代をつくる

微かにさしこむ光に黒ずんだ棟木

柔らかに座り膨らんでゆく
わが家の炉の火温もれる灰のとばり
夜の更け毛野に行き行きて創られ
苧は剛くかたく細織りした赤麻《あかそ》やわらみ
まるく包まれる
わが夫よ　わがおのこ
挑みてほし　撓やかにしなりゆく
勁い草の糸に苛まれ
夜の炉に火の温み

毛野に草の波ひるがえり
なびき伏し流れてゆく
涯の果てのない広さ
草の茂る真昼のとき
壌《つち》を穿ち根を掘り
種々《くさぐさ》をこの新墾《にいはり》に播き

育てみのりを待つ
ときの過ぎて赤麻の茎の紅らみ
織り綾をつくり
筬《おさ》の音に織りなしてゆく
すべらかした髪毛を梳《くしけず》り
織り台にうずくまり屈み
秘すべき褥を織る布のごつごつと
苧の勁き毛野の原に築かれてゆく

野の涯を頼りとし茂る木々に扶《たす》けを
人びとは委ねあずける言依さし
埴生《はにゅう》に小屋の造られ賎が伏屋のあつまり
相寄って慈しみ狩りの旅に気をはって
思いやりする
埴土《はにつち》に形どりし遠い御相へのおもい
なりわいの形さまざまに塑像に鎮め

この毛野の埴土に練り込み
空《くう》の胎《はら》に産むす児の空の目に滲む
埴土の埴輪をつくり
ここに祀り豊饒の毛野の拓かれ

幸《さきわ》う

祝いうたをうたい焚く火に火の粉が喜んで舞い
頬はほてりあからんでゆく
祝いうたを族《うから》の長《おさ》の祝い言と和してうたう
聞きなれた言葉と研がれ飾られた祝いことばに
ここちよく神への敬いが丁寧に続いて

近づいてくるものに喜びと慎みが綺麗になる
善いことが現れみんなして拝む神に御姿はない

供えした稲の穂の重みすずしろの白さ
いな穂を扱いて籾を積みくろ米を炊き嬉しき事かなと
毛野の埴土《はにつち》に新墾《にいはり》の増えましていく
古きよりまた古きよりの幸いよしことの続いてゆく

祭りにみずみずしい千菜と五穀を供えして
おみならのさがりごけは晴れ着と見紛う打ち興じ
人びと大樽を叩いてことごとく笑いそろい
ざんざら掛けした髪毛を火の粉で彩り更けて夜の美しく

むら人のいさかいは隣りの稔りに穏やかならず
盗み見してはこころの飢えて物憂さになった
ころ合いをすぎて平らかにおさまりする

賑わう舞い踊りにちぎれ棒の火となり灰となって消えた
いさかいと賑わいにわれとわが諍い心をしる不可思議は
夜の奇しさにとける

懐かしさが往き来している田に下り山に入り苧《からむし》も刈り
衣を織りして奇《くす》しという幸いがつくられた
古い慣わしにひとりひとりのばらばらを並べてなごみ
相寄っての暮らしに諍いもしよう直《ひた》に働きもしよう
懐かしさは集まった村びとと火の勢いに煽られて燃え
ひと夜さの更けてゆくころに幸いをつくる
埴《はに》　真埴《まはに》　御祖の姿をかたどりして練りあげる
真赤土《まはに》の毛野に懐かしくさきくませの言葉を聞く

呼びあう

毛野におみな
真向かって御《み》合い呼びあうとき
夫としたおのこと
さかずきごとを調え
盞結《うきゆい》する
婚《よば》い
身合う身にともに仕えてする
くりかえし
いいのですよ　とり交わした杯に
衣を茜草の紅に染め
いろり火の更ける

婚い

うけらの花を胸に咲かせ
草つゆを踏んでいる
とどくかとどかないか
朝のひかりに渇く
想いつめてみても
時なくてとの
くりかえし
呼びあっていた

いつの日がすぎていった
いつの日がくるかと
醒めてゆく
気色
毛野の麗しさのなかのおみな

盞結する
つま馴れして
つま問いして
酔ってはならぬ
醒めてはならぬ

おのこ、罪

長老のたしなめていう
恚ってはなりませぬ
おみなの胸におさめ
勝さびてはなりませぬ

実いらずの実なし栗は
栗の木のしわざとも言えず
寒い颪し風のなかのおみな
赦しごいするあなた

わび歌にまぎらわせ
詫び言がきこえる
かなむぐらは見えない明日の
回廊に絡み
山彦に化けたあなたのこえ
ともに掟があれば掟に相響むまで
残響の罪にうたれ

長老様わたしは身籠もりました
おもいの悪しざまに

背丈ほどの憎しみ
天と地がまだ別れるまえの
くらげのように漂って
これは罪
これはよろこび
葦芽の萌えあがるものでありますか
いえ　いとおしく思うおとこの
罪でありますか

おみな、胎

こどもがさかいを越えてゆく

夕映えひとしきりのなか
雲ともつれ風ともつれ
花野をみだして
それでいいのです

呼びあってみたあなた
胎《はら》が怖いのですか
産んだ子の家となる
それが　はは
ただいっときの
微笑みといってみる

胎に子の墓をつくる
子とははの安らいで住む
終のところ

荒野に咲く花は
野辺におくる花
産んだ胎に納め
通り過ぎてゆく

ははと子の袈裟ぎぬの無垢
胞衣納めしたあとの儀式

敷く花びらの白さ
渡っていった蝶
あれは風のいろ
子の墓のしるしとなる

人かたのはにわ

ついこの間みつめあって眠った
閉ざした瞳て思いをこめ
ある時は目を覆い遮りして
思いをひかりの外においた

深くささる痛みがやってきた
小堰に溢れた水が被い衣を濡らし
異装のむくつけの所業に
ばらばらと毀れる音がおこり
末の世への邪の径がつくられ
だれもが慌てての なりふりに

天壇は祭りの賑わい跡絶《とだ》え
見てはならぬものの羞じらいに
月も閉じた

暑い日寒い日の眠りと
永遠という和らぎが去っていった
空から赤い土と灰が語りかけ
眠りは祭りの祝い言葉に醒め
かしずいていた親しんできた
長さも量りしれない升目も
持つことのできない重さまでも
無くなっていった

眠りのなかにつげぶみが聞こえ
　ははそはは　かえりたまえ
ははそいのはは　よみがえりたまえ

眠りめざめ耳かくす髪毛に
凛々と楚々と名乗りする各もおのも
　急きてはなりませぬ
　目を開きて起ちてはなりませぬ
お気づき遊ばされぬとき壊れ給いぬかと
毛野おみなのこころくばりに
ここちよ顙にかおばせの粧いに
よみがえらせ給う
人かたの埴のすがた
火の山が供えられ
重く覆いしてからの眠り
天の星も光を無くして遠く
どうしたものかと御座され
むかし名づけられ留められた
御名の失せた土偶　人かたの埴のひと

どうぞ今の世の贈り名をお受け下さい
歌いあわせの賑わいに
あなたの庭の祭りのさざめきのなか
毛野のおぐな　めなご依代《よりしろ》となる
どうぞ今の世の御名をお受け下さい

遮光

いくつかの土から幾人かの仲間が
どれも小肥りして体いっぱいを飾りそして蘇り
立てるでもなく座るでもなく

目を閉じて倒れ
いったい奇《あや》しい目覆いが何を遮ろうとする
いま遮光器土偶と呼ばれ

なんで目を覆って光を遠ざけているの
攻め込んでくる異人
先祖神を打ち砕いた外の国からのいくさ
目が腐《く》たれるのを怖れて
森の木にしがみつき海に身を漬けて
土に埋まって隠れ

わたしたちの言葉を聞き分けもしない
喋っても無駄なこと
ときどき真顔で値踏みされ
もうそんな辱しさに慣れてしまったが
どうせ聞き分け見分け出来ないのなら

懐具合のいいとき買っておゆき
いずれ千年もたてば
またの値踏みをたのしめるから

見覚えがある人と子孫たち
うずくまって土を削っている
そのとき慌てて目をつぶり口を噤んだ
瞼は巧いこと閉じ目ほどの伝心もせず
目腐たれはなかったが
困ったことに異人の臭いが鼻についた
どうしたものか土を削った子孫たちが
昔を語れという良かった昔を話せという

あれからだいぶ過ぎてしまった
人の塊ができまた崩れ
あれからいくつかの星が消え

色のついた光に掘られ
目を閉じていてよかった
輝いている仲間が眩しかった

別れた児のふたたびの胎となり
わが児を体に納め児の墓となって
土を削った子孫たちを驚かした
あの頃きょうだいは一緒に泣き笑い
父老はじっとみつめて慣らし
生きることを教えた

埴輪に穿たれた目を羨ましいとも思った
何でも見えていいなと喜んでいる
遮光の瞳では何も見なくていいから
わが家の炉の灯のこと
あの頃も未来を語っていたものだ

いま未来がやってきたのだろうか
未来とはこんなものだったのか
やはり目を閉じていてよかった

不退の土

あの穢土《えど》と浄土の教義の渡来はなく
豊饒の里をつくる人が住んでいる
草も木も水の流れも季節を廻して
稔りを持ってくる穫りいれに
土俗の神を祀り身罷《みまか》った御霊を祭る

人と人の懐かしさが斎庭《ゆにわ》をつくり
毛野の広野に穢土退転も浄土功徳もない
ただ汚れを祓《はら》う芽生えに萓はわれ始める

いらくさを掻き分けて耕し
野山の静かさに籠もって暮らし
疼きもしたが母子草と父子草が
春からのうつろいを確かにした
生い茂る草を刈りはらい珠を探してゆく
まだ磨かれない原石《もといし》をかくすところ

毛野を渡る風に背丈の草はなびき
霧がふり雪が積る
宿世に結んだ縁しを餅を焼いて占い
粟の穂は黄ばみ結びの贄《にえ》は事なく
穫りいれられ珠となる

月を浴び水に潜り風と雪にまろびまろびして
いのち清しいもののうまれ
子となって継いでゆく
わがいのち　つまのいのち
毛野のひろの
あかきこころの
うましくにづくり
不退の土肥沃のいろ
豊饒の斎庭

第十詩集『面影町界隈』（二〇一〇年刊）より

開く橋

言問の欄干にもたれて
みやこ鳥の白いはね毛に話した
ぼーとした眼に開く橋が見え
持ち上がった橋のてっぺんで
〈大日本帝国萬歳〉と叫んだ親方
祝い酒の苦さは前触れか
あのころから様子が変わってきた

火消しの真似ごとみてぇに

銀座あたりで家を壊し
町中ぜんぶを広小路にする
こりゃ凱旋通りにするってのか
なんにも無くなって
でえいち　戦争におン負け
話は終わった

橋が持ち上がって開いたとき
同級生が悪所に売られた
それから友達に会えないでいる
哀れなんて言っても無駄
別れたまんまだ

疎開

疎開しろって身のまわりのもの纏めて
家ごと引っ越しする
疎開さきのある人　あてのない人
としよりも　こどもも箪笥も米びつも
引っ越し荷物は到着駅でアメ公の空襲で燃えた

戦争ってテッポウとタンクとグンカンと
テツカブトかぶって
あいてやっつけて　やられて
あたしたち防空頭巾と防火用水
だから疎《うと》まれいくさする場所をつくる

むかし広小路つくったとき
家こわしてさ追い出され
いままた出ていけってさ
あんとき天朝さま京都にいた
西郷どんと勝のあんちゃんが
話しつけたって

こんどはみんなして太鼓たたいて
　デテケ　デテケ
　マタコイ　マタコイ
だとよ

言問橋

橋をわたって夕景色をみる
そんな ゆったりした日
暮れなずみに大声で呼んでいる
問いながら頷いてもとに戻る
いつもながら　しゃきしゃきと
元気にしむける
大川の流れが悠々と湛々《たんたん》とゆき
だから何も聞いてはいけない
問わずに語るからこそ
人生なのだ

名店街

煎餅は日暮里に限るって
きれいな詩があった
せんべいだけかねと聞けば
　てんぷらだって
　あっぱっぱだって
有名なんだ

どこへ行ったって有名が軒にぶら下がって
隣の喧嘩も味噌汁もがってん承知
お寺さんは江戸じゅうから集まり
墓石も競べっこ

西の方の詩人さんが
　理想は高いがいい
　墓石は低いがいい
と言って飛行機で飛んでって
高いところで笑って逝った

もう見られないものだってあるよ
王子のお狐さんと辛さの生姜
芝の大神宮さまへかつぎ出してたが
絶えて辛味が消えた
世の中ふやけて
甘ったれが増えて

堪え性もなくなって
昔もんの性にあわなくなった
でもな名店街は元気だぜ

あばよ　ちばよ

夕日が寛永寺さんの向こうにまわると
大きな屋根は鳥の羽になる
いっぱいに覆いかぶさって
人さらいがくる時間
恐《お》っかない夕方になる

さっちゃんと背なかくっつけて
あばよの儀式をする
　さっちゃんが　あばよ
ちばよって　あたし
こえをそろえて　またあした
お堂のぼんぼりに見送られ

ふたりして駆けだす

障子あけて母さんにみんな話して
明日なにして遊ぼうかってきく

母さんはお月さん　そっとのぞいて
真っ赤なほっぺたに
大きな大きな夕日みつける
明日てんきになあれって笑い
いっしょに子どもになる

火消壺

お嫁さんになりたてのとき
火消壺を買ってきてと
お姑さんにいわれた

土間の広い大店の瀬戸物屋さん
いっぱい陶《す》えものがならんでいる
藁と縄で結わえられた火消壺
初めてのお使い子どもみたい

へっついで煮炊きする
あねさん被りに火吹き竹
きちんと燠を火消壺に納める

お姑さんに見られてるみたい

燠は熱い　火消壺も熱い
燃えさしは灰にうめられ煙ったい
消壺に消炭がたまる
ときどき篩《ふる》っては炭取りに移す

消炭は燐寸一本でも火がつく
堅炭とも仲よくおこしあう
お姑さんのおんな鑑
そうか気がつくの遅かったたか

火消壺に妬心《としん》情念ちちんぷいぷい
煙った燃えさしとおんなごころと
消炭炭素が金剛石をつくる
おんなの真心って　いいだろ　ねえ

がちゃがちゃ

辻の　ぼさらに　がちゃがちゃとりにゆく
むかし畑を墾《は》った人が掘り出した石を集め
積みあげてつくった
ちがやが生え　かやが茂った

夏のひるどき　がちゃがちゃと
一生けんめいに鳴く暑さ
さっちゃんとわたしは　そっとそっと
しのび足して　はねをつかむ

二人して一匹ずつ竹かごにいれて
鳴くのをまつ

おばばさまが　きゅうりを切ってくださる
えんがわに二人の小さなつくえ
夏休みの宿題の絵ができる
がちゃがちゃさんありがとう
むぎわら帽子をかごにかぶせ
もう一度ありがとうをいう

おばばさまの恐いはなし

ま夜中の丑《うし》三つ時に闇の重さで
棟木《むなぎ》が三寸さがるのです

わたし　下った棟木はもとにもどるの
天井が下ったままだと畳にくっついて
おばばさま　だまったまま

学校から帰ってきて　大きな声で
ただ今って　ごあいさつする
すうっと天井が高くなった
あっ　天井が上った
下っていた棟木がもとにもどった

奥からおばばさまがにっこり
まあちゃんの元気な声でみんな生き返った
神だなの神様　お仏壇の仏様も
みんな無事が何より　何より
おばばさまのひとり言

おばばさま　ずるいや
丑三つ時に楝木がさがるって
わたしを　おっかながらせて
きちんと　ごあいさつさせる
でも　ほんとに丑三つ時に楝木さがるみたい

なななぬかの蛍

なななぬか[*1]の夜に蛍がとんできた
人は灯を消して蛍坂で出会う
あたりは闇
蛍沢のさわ水に漬けた無念

互いに蛍火をともして集まってくる

上野の山をこえ森をくぐり
恥ずかしげに明滅して負け戦を告げる
あの五月半ばからのなななぬかの夜
おばばさまのしばたたきに
玉の緒をつなぎつなぎして

くろ焦げの堂柱と公方さまの誉めき
天朝《てんちょう》さまに懇ろはない
かどだてられ　かどだてられ
……敗けちゃいましたとおばばさまの嘆き
礼をあらわしたもののふ二六六士の骸

お山を攻められたのも戊辰
不景気と凶作に泣いたのも戊辰

玉音の帝の崩御も戊辰
錦ぎれダンブクロの西郷どんに謀られた
御一新なんていいこと無しだった

おばばさまの蛍火と昔話
うたかたの真昼の夢
国中《くぬち》　どこまでも夜のとばり
逮夜《たいや》参《まい》りの経文のつづき
錦の御旗も色あせてしおだれ*2

＊1　ななぬか＝仏事の死者追善の法要。四十九日、中有。
＊2　史料は森まゆみ著『彰義隊遺聞』による。

旅に

おばばさまは旅にいらっした
いつものように大きな袋を背負われ
すたすたと歩いてゆかれました
古い事の記《ふみ》そのままのお姿で
それはそれは速い乗り物よりも
輝いて射る光よりも
頬にはく紅よりも鮮やかに

いつの日にお還りなさるのか
誰にもおっしゃらず
往きさきも伝えず
大きな袋に家じゅうみんなと

人さまの苦労を背負って
わが事のように微笑んで
いってしまわれました

従者《ともびと》のように率《っ》いてゆかれた
おばばさまはもうすぐ百歳
どんなに楽しかった毎日でしたか
いつもにこにこと　ときどき
　オオナムヂサマ　と呟かれる
それ　なんですかと　お尋ねする
大きくなって古いご本読んでね　と

産土《うぶすな》様のお祓いの祝詞《のりと》だ
古い事の記《ふみ》の物語り
　帒《ふくろ》を負《おほ》せ従者《ともびと》と為《し》て率《い》て往《ゆ》きき
にっこりと謎ときは自分でおし　と

そしてお還りになられない
此岸から彼岸へ　彼の岸から此の岸へ
無言の声かけてください

おばばさま
少しだけ雨か雪に交《まじ》えて
旅さきの甘露をお降らせ下さい
みんなが袋を背負って
たすけあっていますから

第十一詩集『當世拾遺』（二〇一一年刊）より

残酷

朝ま　夕まに畔といわず　小畦といわず草を刈る
　一日刈らねば足もとは露をはらう
　刈りためた草が小屋の生き物の
　糧になる　夜つゆ　朝つゆに味

しゃき　しゃきと甘さを食《は》む音を天来の妙と聞く
　露は刈りはらう鎌の切れあじを手ごたえ
　闇の夜明けをけし　夕まづめの手もと
　暗く　ようやく陽射しを遠ざけた白の

篩管にいきおいをつけた草はやわらぎ
鎌に鈍重な手ごたえ　音は潜んだのか
　　　　住まいしていた蟇に容赦のない鎌の刃
残酷のとき断ち切られた夕まどきが草陰にすぎる
絶命の闇につつまれ刈りはらわれ
　　とぎれるまで続けられる刈りびとの
鎌の柄に　南無がつたう
薄暗さの転換の時間

後生車

からからと　くるくると後生車《ごしょうぐるま》に念じ老いた杉の間を
壱千百四拾四年を経た年に更《あらた》めて詣でる立石寺
この山の険しく　天台の僧　円仁師
み寺を開きたまう

遥かからの望みに
遥かをのながめに
　人の知る山の寺に　まもる人のあり
　また俗世の人の住まい山深く秘して
　隠して　守られ継がれてきた得心の
　諾《うべ》なることをしる
雨と雪と風に木肌は彫られ後生を願う信心のこころ

を顕《あか》し幾世代かを刻んでいる

天童の町並みへの青いろの水田をみる
　　これが平穏なのだ
あるいは富むことをしらないで過ごし
　あるいは貧しかったことを
　　山頂に問うことはしない

山肌のうすぐらい洞穴は自然のものか
修験の僧者が穿《うが》ったのだろうか
判じられない
耳もとを吹きぬける風おとは
そうだよと　峻烈と和らぎを同時にしらせてゆく
それが修験の迷いと悟りなのか
山頂の木々を揺る

老杉の枝に雑の木の葉がくれに昨日と
今日の時間を蓄え慈しんで育てている

石墨草筆の構想を抱え齊藤志《まもる》は僧堂に籠もった
石の墨と蓬の茎を筆に経書と端坐する
遠く山の端に白い雲を残し
　石墨と硯の音は詩人にとどく永劫の風
　となる一文字を書き香をたく静まり獣
　たちも声をひそめ結願の写経の終わる
　詩人は籾がらを焼く煙りを眼にしませ
　た少年のすがたを　秋の里曲《さとわ》の深まり
　と星のまたたきを後生車に願った　も
　の言えぬ己れの生涯をうたいつづる
　影の鬼はうす暗くかさなり遊びはいつ
　しか業となったと
後生車のまわる音にいまも衆生の祈りを

山寺の木々と百草の苦さにつなげている
青銅の香炉は拝殿に薫香を漂わせる
拝んでは発願成就に合掌し安堵する

香灰は堆《うず》んでいる
あるいは無念の結願の眠りか
稲穂を実らせた焼かれる
稲藁の熏《くす》ぶりか
炉の灰はしっとりとした
褥なのか

とり囲む敷きのべられた鎮魂の賦に慎ましやかに
その意思の頌《のべ》られ　若くして満《よろ》ずの蒙難に逝った
魂魄を招いている

堂宇に巫女らしき女《ひと》
詣でる人の訝しく問えば
縁者なりという
堂守る人の懊《なや》む経年の故事は後生車とその胸に納められたまま

小坪港

小さな港の午後いくつかの漁船が繋がれ　す
でに手仕舞われトロ箱は洗われ　小坪港《こつぼこう》の朝
からの賑わいは気怠さに変わった

よく外国に行き来する友人は
労働者組織の旗頭であった　またの呼び名を
頭人《かしら》といった　それは百姓一揆の頭領と同じ
ことだ　百姓はみんな賛同者になり法螺貝を
信じて押し寄せに加わった　労働組合とその
加盟者を不逞の輩にしたてた　我が儘な宰相
の言葉　まっこと　ふてぶてしさのかぎり
頭人は一揆の采配の責めを背負った

鼓腹して壌《つち》を撃てず飢えと安
らぎのない異変に　任《まか》されて先頭に立つと
わがいのちは無いものと思わねば揆《こと》は遂げら
れない　それが領主からの御達しであった
不逞とは今様に言い換えたまでのことだ　ま
さか張り付け獄門とは言えなかろう　三浦半
島小坪港の午後は静かに凪いでいた　友は薔

薇の花に理想を語り　説いて　自分を失わない冷静を封じ隠した　労働のみが労働者のみが邦を豊かにし　つくりかえしてゆくと白や赤の花に告げ　閉じこめた

港の漁師はいつしか赤銅色《しゃくどういろ》にやける　日焼け術のつくりものと肌色を違えた　漁のいい日も悪い日も　黙って網をいれ網をあげる　咲いた花が美しさを競い　話す友は潔かった　我が儘者の　惨めは小坪の波に溺れ不逞の位置を換えた
友の詠める〈カルチェラタン　春宵のごとざわめけり〉と巴里の夜を歩いた　不逞の日本国労働者は小坪港の波に重い錨をおろして見つめている

水芭蕉

木道を歩いてゆく人影　立ち止まって歓声を
残して去る　白いいろの花はようやく幅ひろ
く肉厚の葉かげに　ひっそりと開く

人や馬が耳朶で風を防ぎ聞き
とがめする失礼と防御のしるしとするさまを
みせ　木道はたの水芭蕉に小さな摂理のかま
え　人影に微塵の虞《おそ》れを見つけてのことか
水は深くはない　雪どけの水も　やがて梅雨
の水に藍いろと　草の青の茂り唄に歩む
咲きつづけた花が　たっぷりの水に隠れ　花
梗をくぐらせるが運命《さだめ》に不運の嘆きはない

語ることのない夏草は木道の人だかりの跡絶えを歓迎して　温帯の湿原は夏に分解の進化をむかえる

根釧の泥炭にこの進化はおこらない　曝されて失うものの悲劇は地熱に促され　水芭蕉は好んで北限の地に育った　五月の白い花はひたひたと溜まった谷地に花影を映す　淡い緑の花穂は不可思議な仏炎苞《ぶつえんほう》をつくる　人は風情を喜ぶが放し飼された馬たちは寄り付くことをしない　食むこともない谷地の飼葉《かいば》　白い花の根茎に含まれているなにがしかのもの　微量なのか　馬たちはそれを嗅ぎわけているのか　野性のものの知性か　人にない天性　ともに分けあったものを見せる野生の風姿

雑《ぞう》の林《やま》

　生まれながらの運も不運もこ
こに創られる自然の営み　木道が美しい　湿
原に人の造作が白の花をなじませ　じっと赦
しているここに文字もない　碑もない　ただ
冬　春　夏　秋　そしてまた冬　繰り返し
くりかえしに花は白く咲き　人はみんな　藍
よりも青く生きる

冬　枯れた雑の木の立ち並び　すで

に散った葉に未練はない　雑の木は
人里に寄りつき　人里に少しだけの
富裕のにおい　林《やま》はともに居宅を守
りまもられて棲息する

手紙がきた「母は三
反百姓にも成れなかった」と恨むで
もないが　雑の人の逝った知らせ
書く人に　書いた人の無念の滲み
雑の林は枯れっ枝《こ》拾いが許される
永い　ながい間の文字のない古文書
の書留め　畑三反　田一反　日雇い
幾らの歯ぎしり暮らし

母に土地持ちの願い
いじらしさの身にせまり　雑の子は

葬った母の墓所に墓石　刻んだ無念
彫ることのないことば　ただせめて
墓坪一坪に胸の痞《つか》えを下ろし　雑の
林の　雑の子の　枯れっ枝《こ》の枯れっ
子娘　風に鳴る音に経文のとぎれ
立って半畳　寝て一畳　墓石九寸土
になる雑の人眠る

屈折　少女たちの詩と真実

水底に落ちた真珠　揺れるでもなく水に包まれた
輝きは静かに白い

人たちが磨くことのないひかり　幾層ものわずかな
　分泌のまるく

十二歳の少女たちは　ひたすら詩句を暗唱する
すべてを喪った敗北　学童であふれた校舎　運動場そして
教室にただあふれた
教材を持たない教師は一つの詩　一つのうたを暗記させる
　そこに少女たちを傷つけた屈折をかくしたものたち

少女にひらめき
おじいさまやおばばさま　ちちははの　村中《うち》に住むおじ
おばさま方の暮らしむき　ちがう　どこか違っている
化学者で百姓の味方だという人の文字の違い
書くこころねの違いそれが屈折する
化学者は化学を化学の文字で書く

百姓を手助《たす》ける人は百姓のこころを文字にする

つくりかえするものは手品なのか魔術なのか
曲がり角を曲がりきれない欝屈の日々
少女はまた村中の暮らしと違うことを確かにして
出し風を待った　おとなたちに小賢しさのはかりごと
村の事実と異なる　ほど遠い無智
そして蔑み

街場の独りよがり　水を通しての光　水を潜っての音
水に溶けた風　媒質に姿がえした屈折の歪み
　大人たちの性《さが》につくり変えられた詩句
　宿題される暗記　暗唱する急造の教室
　そこに少女たちの詩情
　射しこんで来るひかり
　伝わってくる音たち

意地わるな媒質に　真珠は分泌を絶たれ
やがて毀《やぶ》れた

飛び散った破片を田の畔にかがみ
寒い風にかじかんで　背伸びして
萎《しぼ》んでは綿入れで着膨れして拾う
杜に鎮まった産土神に祈り守られ
村の人たちは貧しさに屈託はない

真珠は歪められ阻まれ　少女は悲しみとわが身の屈折に
耐えた　諳じた詩句に偽りを竄《も》ぐらせ
終のことばとした済世の偈頌《げじゅ》を害《そこな》った

百姓の心根を虚しくする偽層山塊
野に立つものへ　篤信のものへ　稲を育てるものへ
庶衆の彼岸を祈るものへ　関わりする人たちへ

死の臥床《がしょう》の人は天を畏れた詩語とする
屈折は水底の岩にたむろした不実
浮遊しては　無機をかたまらせて凝《こお》り
非実を事実にとりこんだ

少女と百姓は置き去られ　雌日芝《めひしば》は地を縛り
村人は作土から退《とお》のかされ　土は光と音を
包みこんで　ひとつの文字と暮らしの
真っ当さを守りとおした

土は重く　一瓢《いっぴょう》の水に渇き　一箪《いったん》の稗飯《ひえめし》に飢え
ご先祖様に　冷たい夏　飢饉　無法なお触れ書
そして一揆　どの重さにも堪えた末裔の人たち
そして今　そして少女

古城通りに緑の滴り　棚機《たなばた》つ女《め》にくす玉の飾り
　伝承の祈りに赦されるものと　赦されないもの

少女は本卦がえりした詩の真実を祝った
　手紙を胸に（アラツデイン　洋燈《ランプ》とり）を口吟《くちずさ》んで
　詩人への感謝を捧げ　ことばのよみがえりを欣《よろこ》んだ

ご先祖様がヒドリでながしたナミダに
オロオロアルキする者も　村で暮らす人たちも
みんなして　ヨクミキキシワカリ　わきまえて思う

　サウイフモノニ
　ワタシハ
　ナリタイ

無《む》辜《こ》

おろか者のゆえに辜《つみ》びととなった諸国の　鎖国の治法をこころの外に追いたてた白い人たち　白秋〈邪宗門扉銘*〉は官能の愉楽か　腐爛か　無辜の人に辜死　末世の邪宗の門を屍の悲が蔽った　罪なき人びとの累乗の骸　もの言わず夏の日は去った

おろか者のゆえに辜びととなった〈通行する軍隊の印象は重量のある機械〉と朔太郎の「軍隊」わが無辜に　重さはない生きることを愚かしくみる目　こころに魔の人たち　辜びとたちの声　降る業の雨　劫の火に脅かしの罪

おろか者のゆえに辜《つみ》びととなった
いくさ場でわが身は射ぬかれた　あっけなく
息絶えた　いのちの無　屍を見つめる屍衛兵
あなたのいのち　明日のおぼつかなく　とも
に塚を掘ることなく　墓の重さもなく
　おろか者のゆえに辜びととなった
屍がさらされている　見つめる目は冷たく青
い　向きあうものは白い面の鬼か　ふりむく
者の背に対語はない　たすねあぐねた死と生
の　暑い日の山と川　寒い日の凍る異土　絶
えることのない辜　無辜に邪宗の門　扉のひ
ろく

＊　北原白秋『邪宗門』

第十二詩集『高田の松』（二〇一二年刊）より

高田の松

瀾々《らんらん》と濁々とおおなみ
海嘯は寄せ浪波は攫い
堪えて怺《こら》え
松の根方と幹と

ともがらは倒され流れ
動かない
無言
仲間に雒《むく》いる

高田の松原ひともととなる
松枝一《しょうしいつ》に何ぞ勁き
と詠った古人の瞠目をあらため
人々はいまを未来に
未生のいのちに
勁くつなぐ
高田の松原の
高田の松

瓦礫と呼ばないで

それはつい先ごろまで口にしたことはない
宝物と言うほどの物でもない
家人みんなの手付《たづ》きだった
朝　起きてから寝るまで
ただなくてはならない
存在だった

別れは突然にきた
天帝の御指図なのか
造化の神様の御造りかえか
はかり知れない点綴の綻びか
魚も貝も海草も解き

凄絶　螺鈿の山を覆した

益荒男《ますらお》は甎全《せんぜん》を恥じた昔
いまその甎瓦《しきがわら》だけが残った
流れ去ったものと
流れ着いたものと
口ぐちに　ガレキ　と呼び
厄介捨てするという
手付き暮らしの便宜重宝
下じもの工夫された知恵
神様　仏様に手を合わせ
海嘯　津波　瞬時の折り合いに
手付きのもろもろが流れて消えた
宝ものと民の家

帚《は》く

絶対ダイジョウブと想定外の同居
神隠れしたり神隠ししたり
執心にはおどろ　どろ
あめりか国がつくったケロイド
慢心を帚く紙烏帽子《かみえぼし》をかぶせ
弔う
絶えず思い続ける
ニンゲンヲカエセ＊
のひとこと

＊　峠三吉『原爆詩集』

たいへんだよ

たいへんだよ
ていでんだよ
とうでんだよ
とうでんだよ
　停電だよ
　東電だよ
　盗電だよ
簿記だよ
誤記だよ
お臍で茶が沸いたよ
値上げだよ

ふたごころ

遠い昔のふたごころではない
　原発が爆発したのは想定外のこと
ふたごころではない
　科学は悪魔の囁きを耳にした
貸したのではない賭けただけだ
　射倖心は科学者にも想定外だった

計画されていた「計画停電」
下衆だから褌《ふんどし》が前から外れる訳ではない
科学だけがふたごころがない訳ではない

ああ陸奥《みちのく》にしあらましかば

ああ大和にしあらましかば

薄田泣菫《すすきだきゅうきん》

古《むかし》　夷《えみし》　荒夷《あらえびす》と呼びし者は誰ぞ
古　兵《つわもの》を従え軍《いくさ》を引き連れし者は誰ぞ
いま口説に東国を圧えて権柄づくすは
何ぞ

帷幄《いあく》に隠れ互助を詰問する
旧年《ふるとし》に飢《うえ》に饉《うえ》て租を納め
村人たち山の名を宇恵恵山《うええやま》*としたが
さらに望んで豊田として今にある

ああ陸奥にしあらましかば

引き幕たれ幕に徘徊する妖怪たち
霊廟に譬えられた建物に
奇怪な足跡と無頼の語呂のうそぶき
腕力は従わずの無法に戸惑う

目に見えないもの
目に映るもの
やまとしまね　あきつしま　おおやしま
われらが祖は夷であったのか
討たれたる者か　われら
上《かみ》の嶺《ね》にわが郷土　神々の神さびて鎮まる
冷たき火　棍棒の火に　もとの火の憤り

地震《ない》その果てに国破れ
椰《なぎ》の葉の水鏡　四方の海原に　東の山に
修験　敬虔の祈り

　ゲンパツバクハツゲンバクバクハツ
　バクハツゲンバクゲンパツバクハツ

試練に葦芽《あしかび》の萌え
十全の天子いませど司直の方寸圓を書かず
元始の日あらみたま　にぎみたまの集いに
故山　海原に鎮まりと凪と

ああ陸奥にしあらましかば

＊陸奥風土記「飯豊山」の記述。

遁辞

見事にいってのけた
　それは想定外のこと

昔　文部大臣は科学する心を説いた
葬式に弔辞　偲ぶ会に誄《るい》
原発爆発に遁辞《とんじ》

告げる

波に経文を納める
風に禱りを伝える
人びとは威力の鎮まりを祈る

餞《はなむけ》に嘆きの歌をうたった
訣別の句文は雨垂れで
刻むもどかしさ

ゆるすも　ゆるさないもない
死にぎわの水も汲めず
弔うに柩もなく
シニブルマイのイッペェメシ[*1]も

イッペエダンゴもロクドセン*2も
さっぱりと攫《さら》われていった

波を　たも網に編んで人を救う
さしのべられるべきものの
おそく　ゆるく　もどかしく
焦がれる　いらだちのいらいら

幾たびかの雪の夜を更《ふか》し
幾たびもの暑気に曝されて
みる　あの立ち止まるものの
無用の徘徊する背広着の姿の

間違っていた
繰り返される
なぜ

届いていかない
津波みたいに
流れていかない
絵そらごとが綴られ描かれ

巧言だけが届いてくる
食うにも着るにも
足しにならない
令色

耐えている　と
告げる

＊1・＊2　宮城県名取郡秋保町「野辺送り制」の習俗。（『東北民俗資料集』四・東北学院大学　岩崎敏夫編　昭和五一年再版）

呼ばう

縁者一統　枕元により
魂呼ばりする
すでに逝ってしまったのか
今わの刻みか
右手をにぎり左手をとり
呼びかけて伝えする
魂呼ばい

　ナサケネェ　と別れを[*1]
達者でな　と懐かしみを[*2]
とめどなく　とめどなく
呼びかけする

生身へ魂へ

還ってこない人の二つの墓
テンデンコにいのちつないだ縁者
墓守る人も散りぢり
二つの墓[*3]に
埋めるもならず
詣でるもならず
どっちにも還ってこない
生身　そして御霊

呼ばりして祈りして
つづけ
そしてまた呼ばり
そしてまた呼ばいつづける

＊1・＊2　石巻市渡波・祝田浜の「魂呼ばい」
＊3　同所の両墓制
資料は『東北民俗資料集』三・東北学院大学
岩崎敏夫編　昭和五二年五月刊

卦　うらないのしるし

一　聞こえてくる音

いくつかの音が聞こえてくる
安心して楽しく和らいでいる
もう一つの音に怨みごとが
もう一つの音に怒りが

国の破れた日の音と興る日の音に
混じりあって伝わってくる

道理を逆なでする音は
訥《とつ》に籠もって哀しみ
賈島《かとう》先生を尋ね推敲の門をたたいた
あの寺はなくなりいまはただ空間に
遺跡を懐かしむ
それは流された伽藍と先祖の音

寺に伽藍石が家いえに甎瓦《しきがわら》が残り
疲れはてた人々は村々に街々に
破れた国を思いかえしていた
そんな遠い昔ではない
六十年ほどの昔といまと
立ち直りを重ねあわせる

いま苦難のなかで語ることは
あしたを迎えるか
あしたを迎える今日をせばめるか
人はそれぞれ推敲の言葉をえらび
われと我が身に
今日をつくるおのもおのもとなる

いまだに思いだすものがある
いまだを生きている人がいる
戦に敗れたとき
国が破れたとき
それは残酷だった
だが厭世の卑屈はなかった

懺悔したものも

宗旨がえしたものも
占領軍と物欲を撚《よ》り捩《ね》じり
居場所をつくり　へつらった輩も
ともに蒼氓《そうぼう》の茂りとなり
その由来のこだわりを捨ててきた

耕土も海底も幸の千重の積もりを
先祖がえしして改まった
地が震え海の磯嘆きのとき
古《むかし》からの伝えどおり
吾と我がいのち守れとの
御祖の教えを畏みいのち存《なが》らえる

いま人々は想定の外に置かれ
いのちの果ての貪にさらされたが
言い習わしに守られた

おんぶお化けのような文明と
海幸山幸との奏でる音に
やがての喜びへのいとまとする

二　嗟来《さらい》の食《し》

憐れごころでめぐんでくる
慇懃にかくされるもの
たしかに無一物無一文で避難した
懐かしさの呼び掛けではない
さあ　食えという礼のない振る舞い
おまけに下心の見え隠れ

花崗岩の物語に人は心を糾した
「下民《かみん》は虐げ」やすいが

「上天《じょうてん》は欺く」ことはできない
陸奥二本松の霞ケ城に刻まれた
嗟来の食への戒めが語りかける
「救恤《きゅうじゅつ》」に見下げるうそ寒さ

喫飯《きっぱん》の挨拶に似ることも無い
「爾《なんじ》の俸　爾の禄に」
「民の膏　民の脂なり」
二百年まえ藩士は慎み
国が他国公吏への戒めとしたが
「救恤《きゅうじゅつ》」を見上げさせる空しさ

耐えて花と咲く盛岡の石割り桜
樹齢三百年をこして万朶の香り
チャング　チャングと農馬を労り
不《こ》来《ず》方《かた》の城の草を踏んで

嗟来《さらい》の食を喰うことはしない
自然石を割り刻む誠実の証し

三　国民のミナサマ

「国民のミナサマ」と雑駁なことば
金色の徽《しる》しのしたり顔は人もなげに
粗略と疎略の蒐合《かけあ》いの続き
暮改と朝令が繰り返され
揶揄と倦怠の明暮れに戸惑う
一炊のしばしに栄華の夢はない

用のない者はいないが無能なものはいる
用心金具をはずし居ついた自称用心棒を
縁台ばなしで値ぶみして

かどの銭湯で値つけをする
権者の権謀と覇者の権勢も
サマなしの王様の行列となった

恐怖　慟哭の記録
平成二十三年三月十三日　東京・警察庁発表
　死者　　　　一三、一三二
　行方不明者　　一四、五五四

平成二十三年三月十八日　東京・警察庁発表
　避難した者　四〇三、九七五

動く画像はない　写真もない
ことばで語りかける　話して通じあう
死んだ人にうなづき死者の分を生きる
そんな記録が集められた

東北学院大学の教師学生と同窓生たち
苦悩の文字を七十一人の被災者が綴った＊

災害は異文化を連れてやってきた
被災の人は歴史の証人となり
これが民族の歴史　民俗の正史となる
自然が咆哮し避難する足音の文字は
支配者の功績と奢りを拒否し
葬ることのできない亡骸と魂と血とを繋ぐ

海と浜と　中の道と平野と
山に　山々に
少しだけ慙《はじ》るものがあれば
施しの前に不手際を詫びたらいい
〈解《かい》〉すれば〈解《とけ》〉ると
無慚の粗々《あらあら》しく疎々《ばらばら》のなかの蒼氓《そうぼう》

隠す　知らせぬ　片付けしない
お座なりにすぎた一年そして
無いはずの元素ストロンチウム
人に牛に馬にあらゆる生き物に
半減期二十八年八か月のとしつきは
生存した被爆者へのからかいなのか

人生六十余年放射能がつきまとい
いのちと故郷にわだかまる
天を揶揄する三百代言の声
惑わされた人たちは愚かものか
英知はだれでも持つことはできる
大衆が愚であり続けることはない

すでに千穂秋の稔りも

瑞穂《みずほ》の垂穂《たるほ》の国も様変わりした
なのに餅は栄燿に皮を剥いで食われ
着るものは石の水で織る
三次元の浮遊につくられる文明は
熱と光を原子爆弾のピカに任せた

足りないものは無いはずの暮らし
ゴミはふん別によってぶん別されるが
捨てるもやらず拾うもやらず
「食を去り」「兵を去り」しても
「正義と秩序」はいじめに晒され
慟哭のなかにコクミンは残される

信をもたないものは
立ち続けることはできない
信を支えるのは愚かな衆なのか

衆愚といっている人たちに
コクミンのこころに代えて
古人の教訓を読みなおしてみる

〈信なければ立たず〉

＊『3・11慟哭の記録』金菱　清編　新曜社　二〇一二・二　刊

四　不易の卦

塚廻り古墳の先生が〈解〉に公式は
ないと伝えてきた
詩と詩人の感覚の根っこのことか
今どき月下の門を敲く思いだから
公式の未来を八卦の余知に託し

〈解《かい》〉して〈解《とく》〉こととしよう

都大路のとどの詰まりに白亜の霊廟がある
すでに春山万花も秋山千葉の風情はみだれ
解することもできない怪しげな代言人たち
流れ失せた後の荒土に残された国人を覆う
二百年まえに欧州を彷徨った怪物の末裔に
うなされて見たものは絵にかかれた餅の皮

塚廻り先生　粗と疎の愚かな者と
解の公式を説くものに喝を
てんでんこに死なないで歌った
「ふるさと」のうたは避難所で共鳴した
歌は言葉だった　ことばに寄り集まって
声がでた　少しだけ　ちからづけられた

一所に避難した者は小さな国家をつくり
運といのちを歌で共通させた
「解の公式」を歌にした嘆きのいっとき
解釈共同体は原発爆発の虚構を斥け
あきあかねが秋津島に舞うのを見る
人々は「あかとんぼ」の歌に慰めあった

歩み迷いつづける政治に審級はいらない
歌のことばは民族と国家の言葉だったのに
解釈の共同体をつくることはできるだろうか
流れよる椰子の実に似る望郷に明け暮れする
日本列島　火環列島　花綵《はなづな》の島々と国の人に
解に公式はないが人々が集まれば解ける

亢竜《こうりょう》は悔いない
悔いないから亢という

亢竜はたかぶり
我欲を固める
亢竜は混在するが同化しない
融合するまえに分裂する

亢じて群がって虚をつくる
虚に汚濁は溜まり
岩屋にこもって王者を装い
壺に籠り餓鬼の断食を説く
壺中では怨骨を共食いする
このとき亢竜は悔いる

見た者も信じる者もいなくなった
人の世は平穏になり有史まえの
鼓腹撃壌の時を迎える
登り詰めること無く高ぶりも無く

古人の奥深い言葉によって
国の光を国民に観ることができる

険難に出会うのは偶然と言えない
避難できれば避難する
気がかりがあれば戻ってくる
危険のなかで動き働きそして免れる
自然が春となり秋冬がすぎれば
雷雨が草木の芽や花を育てる

近代とか現代とかに適応しすぎてきた
汎適応症候群の機能変化に従うか拒否するか
この群を解散させるか群から離れるか
〈解〉の卦はともに利《よろ》しとする
罪も過ちも赦し患いの難《むすか》しごとを解《と》くと
解の不易と変易を偉大として伝えてくる

公式は非公式の公式となり
このとき不易をみることとなる

自彊《きょう》不息

津波がみんなさらっていった
いのちてんでんこ

どれもこれも絵空事
気まま勝手なお達し
すべっても　たえて

また暮らしがもどってくる
長いこと百姓やってたから
わかる
じきょうやまじ

第十三詩集『昭和八十八』（二〇一四年刊）より

歓　喜

花綵《はなづな》列島にいまは神話もとぎれ

色をもった白熱光線にとけ
くらげなす闇に漂っているもの

芽生えは　ひとすじそして一筋に
一畝《ひとうね》そしてひと畝と畝だてられる
土のふところに抱きこまれ
葦芽《あしかび》の牙のごとく芽生える

葦切《よしきり》は侵したものの虚仮《こけ》姿に呼びかけ
〝行々子ぎょうぎょうし〟とさわがしく
神話の途絶え潮の満ちてくる島陰にいて
乾湿計の読み取りはできないと笑った

飛来する蜻蛉や鳥たちは海原も海峡もこえ
豊饒《ほうぎょう》の使いとなり五風十雨の恵みを連れ
人々の事依《ことよ》さしする　こころゆたかな

豊秋津洲にひた直《なお》く気吹《いぶ》きする
蒼氓は火《か》環《かん》の島々の渚に山々に
歓喜して麗しく　あかきこころを懐かしみ
紫雲英《れんげ》花を花綵《はなづな》に結え幸せをいわいする

悲田院

一千年もの遠い昔
貧窮　病者　孤児を救う
奈良興福寺に悲田院
百年の蓄えの後　武蔵の国の庶衆

悲田所を建てた

そんなに遠くない昔　小学読本に教え
養老の年にお后様の悲田院と施薬院の話し
いま霞関址に非正規の名札が集まる飢饉《けがつ》村
日比谷の渡来公園に叩きだされ
今日の　今夜の施しを受ける身の集まり

田の草はとった　毟ったが粟稗を食った
生まれ育った村を出たのが悪いのか
見限られた　村が悪いのか
そん時　作った米は深川の米倉に
積まれた　まんま

よれよれの金の卵に五分の魂
逢魔が時の非政府《あなーきー》の群れ

飾る錦は胸にしまうか
味噌の香りに風
わが身

非政府《あなーきー》の群れにまじる
孵りそこなった金色たまごに矜持
飾る錦　胸にしまおうか
捨てようか
聳え立つ霊廟＊は崩れるだろうか

＊　高村光太郎『典型』「協力会議」。「霊廟《もおぞれえ》のやうな議事堂…」国会議事堂を指す。

魚籃観音《ぎょらんかんのん》

波の静まった海
人も船も帰ってくる港
丘から見る海は碧く
訪ねてきた喜びが広がる

魚たちの港に観音様が祀られ
白い砂浜を波の音に誘われて歩けば
魚を抱かれた観音に微笑みかけられた
福江島に春の風は静かさをつくってくれる

三陸の海も凪いでいた
活気のある魚市場の風景は

明日の稼ぎと魚撈の無事を祈り
魚たちとの別れとなる

東と西の魚籃観音に詣でた
籃《かご》は魚たちの終の揺籠となり
尾鰭を籃に撥ねあげやがての旅立ちを
観音の御姿にたくして拝む

三陸の台地にも福江の岬にも
散る椿の色合いのなか
観音様の御姿のある

花綵《はなづな》飾り

花綵を編んではほぐし
ほぐしては編む
白い花のころ
むね深くひとつ
ひとつは環《たまき》　花くしろ
花綵づくり花飾り

ほそく編んでは　ははの手に
ふたつ揃えておとうとに
つないでつないで　ちちの手に
おじいさんのれんげ畑に
れんげのうた　おばばさま

はるのうた

紅い花ひとつ　ひかっている
だれもいない
なにもない空に
舞っているはなびら
みんなで花ぐさめ
わらい花ぶくろ

さくら花ちりかかる
紅いいろ
白い花　灌仏会《かんぶつえ》
花綵のほぐれひっそりと
清いはな散る
花祭り

白い波のむこう
ひろのに寒さの日
手をつなぎ背負われて抱《いだ》かれて
揺れ動く島じまとおく
仰いでは　いのり
ひんがしにむかって歩む

ぱらちおん

雪を踏んで畔道に虫送りをする
かがり火に藁を束ねて燃やす
のどかでした楽しみでした

虫送りの祭りのとき
パラチオン[*1]はわがもの顔で渡ってきた
触ってはならない　におい嗅いでも
見ても聞いても　おそろしく
魔法の宝もののように封じこめた

宝ものを撒けというお達しがきた
いなごもばったもいなくなった
豊年虫も根絶やしにされた
虫送りをする村人も災難に見舞われた

先生は許しません
田の米が穫れなくてもいい
生徒が毒薬にやられてはなりません
「人を死なせる農法はいりません[*2]」

そんな先生がひとりだけおられました

＊1　有機燐の猛毒殺虫剤。
＊2　日本国民高等学校　加藤完治名誉校長。

山の神

歳の暮れになると父は御幣《ごへい》と供え餅を携えて
わたしを連れ前の山の山神様にお参りする
太く喬い松風を聞きながら登ってゆく

代々わが家のきまりごととしてきた
山一帯が削られ分譲地という姿に変えられ
このごろ山の神は行き方しれずとなった
神様は国譲りをして引っ越しなされた*1のか

風聞は塒を失った鳥の勘三郎が伝えてきた
山持ちの身代が傾《かし》いで山が売られ松が伐られ
鳥の子たちは　かァと鳴いて飛び去り
豪壮な家屋敷は妖怪たちに食い潰された

　農家の規模拡大　交換分合　農地の集約化
自立農家　相続税　親子契約　生産性向上

三百三十年つづいた田畑の売り買い禁止を
均分相続にかえ小百姓をさらに小さくした
国破れて憧れ憲法に小躍りしたが後の祭り

〈世にあほうものを田分《たわ》け〉という

百姓は刃物ならぬ泡沫景気の浮かれと
宅地並課税で農地解放の報復をされた
同じ国の平等に区切りと境がつくられ
すでに差別の限外にいる居心地の悪さ

とんでもない話だと山神様に叱られた
戯け者め　薔薇の木にバラを咲かせず
米のなる木を青刈りして農基法万歳か
やっぱり憲法がえしなくてはならないのか

たはけは　かの田地分けより来たる詞なり

悪罵せられ　軽侮せられ　処罰せられ
たはけ　と言われつづけて

その一切の鞭を自己の背にうける
高村光太郎　愚鈍なおのれを転轍した[*2]

太田村の山小屋は自己覚醒の戦場だった
山の神さま　この人に免じてお怒りを
お鎮めなされ　分譲地の新住民のお守りと
四苦八苦の古住民もお助け下さい

国のなかの棄民は祈る言葉さえ奪いとられた
薔薇色の空夢を売った人たちは居座ったまま
山の神さまは苦笑いして国つくりは譲り合い
嫁むかえは従者《ともびと》の大国さんの大きな袋のちから

あかはだかにされたうさぎさん
休耕田の蒲黄《かまのほわた》穂で白兎にかえりなされ[*3]と
山の神様

光太郎さんも父ももういません

＊1　古事記上巻・大国主神の国譲り。
＊2　高村光太郎詩集『典型』。
＊3　古事記上巻・大国主神の稲羽の婚《よば》いと白兎。

稗貫《ひえぬき》方十里

村境いの向うに一日百文の働きぐち
御領内は一日十文の新田開発に徴発され
押寄せの頭人《かしらにん》七人が死罪となる＊1

江釣子森〈郊外〉に人はむなしい幽霊写真[*2]
和賀の河原の新堰づくりに連れもどされた
出稼ぎ奉公人は厳しい二回の人別しらべ

ならばと貝吹きならし盛岡城へ
二千人の打ち寄せとなる

新堰づくり畑返しは　彼是尤百姓迷惑
かれこれ　もっとも　ひゃくしょう　めいわく
沢内三千石　棘おどろの道を人がた七人
しょっぴかれ　一揆頭を御見送りした

郊外に卑しく光る乱れ雲
いまに業の花びら頭人の墓に散る
墓石の　小さな石の　草かげの
稗貫方十里にヒドリ一揆の穂波がゆれる

＊1　「花巻、稗貫、和賀地方の一揆」。森嘉兵衛『南部藩百姓一揆の研究』。
＊2　宮沢賢治「郊外」『春と修羅』第二集。

さいかち

皀莢《さいかち》の棘は下草を刈る手も
地下足袋の足も刺しとおす
棘は勝手をむいて尖り胸高周り五尺の
喬木は〈我〉の矜持をつくる

東京府のころ小宮村谷地川[＊1]のほとりに

棘のある樹と棘無しの樹がならび
粋と無粋の対立に似せて繋り
冬の空っ風に恐竜に似た莢を落とした

棘の痛さは指先から頭へ走り
ぽとりとおちる赤い粒に
棘となって刺す瞬間が交錯すると
いちばん中の枝に風の又三郎がいた[*2]

棘のある木は若い雌木なのか
棘のない木は老いた雄木なのか
また　木に貧富はあるまいと
杣人は斧をいれ薪とした

かちかちと鳴る音は芳しい穀物の響き
皂莢《そうきょう》は風呂の湯にしっとりと香り

薪山の薪にかわって湯を沸かした
そんな夕景のなか東京府は都となった
翡翠《かわせみ》も春を告げる群来《くき》も谷地川から消え
ヒノの自動車の工場は戦車をつくり
困民党の仕込みの刀も土蔵の奥に納められ
やがて戦に敗れ民百姓は自由になった　と

皀莢の木に又三郎いねか　一郎いねか　と
呼んでいるのは誰
賢治さんか　賢治さんだ
賢さん花巻から出稼ぎさきたのか

花巻ではヒドリできねのか
なんじょした
だれがきめたのす

えれえ人か　町場の　せェんしェか

昔なら谷地川で雑魚つかめェて
さいかちの木にのぼって遊べたのに
木もなぐなった　しかたねな
どして　どしてだ

賢さん　あぶね
さいかちの棘だの　なんだの
世の中惑わすもの　いっぺある

＊1　八王子市の北面を流れる多摩川の支流。
＊2　宮沢賢治『風の又三郎』「九月七日」の項。

浄土の浜[*1]

わたしをとりまくように
ここに人たちは集まってくる
あの日のままの姿をして

たしかに影は人影をつくっている
をとこ姿をして
をんな姿をして
背丈が低く肩あげが可愛い袢のような
腰あげ姿が何かをたぐっている
いつ尋常の桁と丈の着付けになる

エーナサンもエーラスグネエの

エレーサマもマッカラムゲーに
ネンス[*2]顔して座っている

たしかに動いている
手が動いている
口が動いている
髪毛が揺れている
漂っている
漂いながら手を振って
辿り着いた
巌にかこまれた浄土の浜
白砂のかこみのなか

寒さに耐える冬
親もまたその親も
生まれて生きてきた冬

子もまたその子らも育ってゆく
暑気と夏の陽のひかり
浄土とはこのようなところ
なのに　なのに
そうさ　ここのところなのだ

小さな砂が動く
海の底で
時間はとまっていない
上を向いている人がいる
かがんでいる人もいる
小走りしてすがりつく子供も

海の底で砂粒が光る
やがて人がたの　人影をつくり
あれからの時間　止むことなく

いまに
そして　やがてもの
やがてのことに

あれから雪が積もり
桜花も競って咲き
夏のひかりに耀い
はるかな峰をわたる紅葉となった

この浄土の浜をとりかこんで
時がすぎてきた
そしてまた時がすぎてゆく
限りある時は限り無い時にかこまれ
限りない生命にかわってゆく

沖の波に

寄せる砂に
巌の水ぎわに
寄り添って
輪になって
また列になって

みちのくの人々に無量のこころに
みちのくの土のくろさの無辺に
あつまって浄土と決め
やがて遠い御祖の誰かれと一緒して
暮らすところとした
いま海も地も穏やかに
行き着くところ浄土ヶ浜
祈りの浜

＊1　浄土ヶ浜…岩手県宮古市日立浜町、陸中海岸国立公園、昭和三十年五月二日

指定。

＊2　宮古の土地ことば

エーナサン…若い男、オニイサン。

エーラスグネエ…こころが可愛くない人。

エレーサマ…偉い人。

マッカラムゲー…真向かい。

ネンス…ですね、会話の接ぎ穂。

冬ざれ

霜が光り恵方を示してくれる
麦は畝《うね》に整然と青色に育って
迎えた朝に密やかに静まっている
土寄せされた畝は北の風を除ける

刈り込んだ屋敷まわりの樫垣《かしぐね》は
陽だまりをつくり白加賀の蕾を守る
樫と梅の小枝はやがて繭玉を飾り
春の座敷に華やぎの彩りをつくる

この家の主人は昔人の気質を保ち
天壌《あめつち》の始めのことの古き記《ふみ》を唱え

確実に霜柱を傾け凍土をほぐして
踏む麦を鎮め糧の実りを確かにする

僻地の陋屋《ろうおく》から平穏な暮らしを願う
時に義を失った邦の沈滞を嘆き
冬ざれの上にさした幣《ぬさ》に祈り
歓びへの御酒《みき》賑わいの酔《え》いに従う

冬ざれは風の心か
冬ざれは人の心の移ろい

昭和八十八年の虹

山をこえ　川をわたって
土と空を彩って結ぶ
土から生《お》い宙《そら》に浮かぶ

虹が産まれたすがたを辿る
稚き国人たちの漂いつどい
葦芽《あしかび》の萌え騰《あが》る国造りの
物語に似て清しく
誰《た》が人も虹をみつめ
誰が人も虹を育て
誰が人も虹を憧れ

虹は土に産まれ
宙に架け　天に懸かる
人はまたそのさきの
虹を渉る

昭和八十八年の虹
宙に輝いて架かる

論考

〈論考〉
賢治の精神で数千年の歴史と今をつなぐ人
『和田文雄 新撰詩集』の編集に関わって

鈴木 比佐雄

1

和田文雄さんの詩的言語は、現役の詩人の中でも最も時間軸が長く、どうしてそのような数千年の歴史を抱え込んで言葉を発することが可能なのか謎であった。今回の『和田文雄新撰詩集』の編集に関わることによってその謎が少しずつ解けてくる思いがした。そして和田さんの生まれ育った都下の八王子市周辺の「谷慈《やじ》郷《ごう》」から発して日本各地の歴史の残る場所を巡り、それらの地に根差した農民たちの精神が、地霊となって響き渡る壮大な農民の抒情・叙事詩として、私に甦ってきた。そんな和田さんの全貌を辿る既刊一三冊の詩集から選ばれた新撰詩集がまとめられたことは、とても意義深いことだろう。和田さんが刊行した評論集『宮沢賢治のヒドリ―本当の百姓になる』、『続・宮沢賢治のヒドリ―なぜ賢治は涙を流したか』によって今も宮沢賢治研究者たちに大きな問題を投げかけている。その独創的で粘り強い宮沢賢治論を生み出した背景には、これらの日本の農民の精神や農業行政の歴史を自らのものとして書き綴られた和田さんの一貫した詩作の裏付けがあったことも理解できる。

既刊詩集十三冊は、刊行された時系列だと、『恋歌』（一九八八年）、『花鎮め』（一九八九年）、『女神』（一九八九年）、『無明有情』（一九九一年）、『うこの沙汰』（一九九七年）、『理想の国をとおりすぎ』（一九九八年）、『村』（一九九九年）、『失われたのちのことば』（二〇〇二年）、『毛野《けぬ》』（二〇〇四年）、『面影町界隈』（二〇一〇年）、『當世拾遺』（二〇一一年）、『高田の松』（二〇一二年）、『昭和八十八』（二〇一四年）の順番になる。けれども新撰詩集では、実際の詩作の製作の時系列順に配列されることによって、和田さんの詩作の流れが自然に理解できる。新撰詩集の冒頭は〔1〕初期詩篇としての第四詩集であった『無明有情』から始まっている。これは昭和二十四年から三十八年に書かれたものだ。公務員であったため外部に発表することが禁じられていて、職場の文化誌『萌芽』に一部の詩を発表しただけだった。実際に私家版の詩集『女神』を刊行したのは、公務員を退職した五十歳代半ば過ぎだった。そのためにこの『無明有情』は和田さんの原点でありながら、一九九一年まで多くの人びとは読むことが出来なった詩篇だ。

2

『無明有情』から始まる新撰詩集の詩篇について具体的に触れてみたい。「無明」とは仏教用語で真理から遠く暗いこととか、「迷妄・煩悩の根源」などの意味だ。その「無明」と「有情」を結びつけ繋げてしまった「無明有情」とはいったいどんな意味だろうか。「有情」とは情けを知る生きものの総称である。そんな地上にある悩み多き農民たちの存在やそれに関わる植物・家畜などの生き物の存在などを、その在りようのままに記そうとする平明な口語文体から、和田さんの詩作の試みが始まったことが分かる。『無明有情』の詩篇を読むと、一九四八年の二十歳で公務員になった和田さんは、食料事情がまだ厳しかった戦後の混乱期に使命感を持って農業行政の仕事に就き、そこで農作業の農民たちの現実を見て感じていたことを詩に残し始めたのだろう。

Ⅰ（昭和二十四年―二十六年）冒頭の詩「共進会」では、ある地域の農産物の優劣を競った品評会の一日のことを記している。その詩の一連目を引用してみる。

あらゆる事象の図式を刻み
あらゆるエクスペリエンスの

メモランダムの記帳のあと
その筋ばった手と頬に
あなたの瞳の輝きが
稲妻のように走り去る
　一つ一つの米粒も
　白く輝くこの繭も
　宝物にでも触れるように
　見つめるあなたの尊い姿
ごたごた混んだこの会場で
あなたのまわりは森林の
自然を保つ静けさで
憑かれたような行動は
この会場の隅々までも
尊い感じに満ち溢れ
百姓たちの苦しみも
今日一日は消えさっている

農村地帯には農産物の品質を長年の経験（エクスペリエンス）でその評価でき

る生き字引の師父のような人物がいたのだろう。その人物は「一つ一つの米粒も／白く輝くこの繭も／宝物にでも触れるように／見つめるあなたの尊い姿」なのだ。その土地から丹精込めて収穫された米や手間を掛けて育てた蚕が紡いだ繭などの全てを賛美して、さらにその中から優劣を決めることが出来る師父の尊い眼差しによって「百姓たちの苦しみも／今日一日は消えさっている」と書き記している。農民にとってこの共進会は、自らの作った産物を出してその客観的な評価が決まる晴れの日だったらしい。最終連である二連目は次のように続いている。

師父よあなたはこの晴れの日に
自然と巧みに結ばれた
百姓たちの努力のあとと
絶えることとない苦悩のあとの
あらゆる尊い産物を
この社会《よ》の人に示してくれる
その苦しみもこの会場は
今日一日ではあるけれど
憩いの場所と一瞬かえて

百姓たちを悦しませる

自分たちが苦労して作った農産物を見極める師父は「百姓たちの努力のあとと／絶えることない苦悩のあとの／あらゆる尊い産物を／この社会《よ》の人に示してくれる」のだった。優れた品質の農産物だと言われることが、「百姓たちを悦しませる」のだった。農業行政官であった和田さんは、役人という役割を越えてしまい、農民たちの苦労を知る者として、その農民たちの傍らに立って農民の目線で経験豊かな師父を仰ぎ見ている。それは和田さんの実家が農家であり、仮に行政的な知識が増えても決してどこか役人に染まらない、本来的な農民たちの喜びや彼らの幸福を願う精神性が詩から感じられる。和田さんは十二歳の頃から宮沢賢治を読み始めていたので、賢治の農民の幸福を願う思いがきっと根底に流れているのだろう。

二番目の詩「畑での会話」は役人と農民の会話だけで成り立っていて、その課税の元となる収穫量の決定のやり取りを聞いていると当時の農村の在り方が浮き彫りになってくる。

九四三番地はどの畑かね

一枚おいて白く光ってみえる
　畑です
ああそうすると土地台帳じゃ八畝《せ》二三歩《ぶ》
あの馬入れ[*1]を除いたあとは　全部小麦が作ってある
　まあそうでしょう種子だけは播いておきましたので
それなら八畝十歩はだいじょうぶ
　それでもあの畑は歩がつまっていまして
でも八畝十歩はあるだろう
　それが歩がつまってまして

農民は「土地台帳」と実際の耕地面積と作柄は異なることを何度も反論し、政府の供出割り当てによる強制買い上げに抵抗し、回避しようとする。役人は「土地台帳」をベースにして、収穫量を決めようとする。その遣り取りは実際は真剣なのだろうが、どこか騙しあいのようなユーモアを感じさせて賢治の童話の影響も感じることが出来る。後半も引用してみる。

だいたいこの山間地では縄延び[*2]が多いんだよ

　でもここの名主様は隅から隅まではかりましたんで
昔は昔さ今は土地台帳どおりでいいんだろう
　でもあのとおり白く葉っぱはよれてしまって……半毛[*3]と見れば十分で……
それなら心配いりません六月になれば作況調査をいたします
穂の数と粒の数とをかぞえてみます
　へえ……でもやっぱし
刈取りのときは坪刈り[*4]をするんでね
　へえ……やっぱし一日がかりでやるんでしょうか

＊1　畑のあぜ道。
＊2　登記簿に記載の面積よりもよりも実測面積が広いこと。
＊3　「毛」は「みのり」で、災害その他で収穫量が半分になる、なったこと。
＊4　田や畑の一坪を刈り取り全体の収穫量を測定する。

この詩は二十歳代の和田さんが、役人と農民の双方の利害関係のせめぎ合いを生き生きとした会話体で記録した貴重な詩だ。註によると「馬入れ」は畑の畦道、「縄延び」は実測面積が広いこと、「半毛」は収穫量が半分しかないこと、「坪刈り」は一坪を刈り取り調べて全体量を測ることだ。そんな当時の作況調査に伴う専門用語をさりげなく駆使して、したたかな農民とそれに対抗する役人との攻防がリアルであるがどこか温かい視点で表現されている。

その他の詩の中で「三宅島紀行」は八篇の連作「出発、夜光虫、女、熔岩流、八丈秣《まぐさ》、椿林、いもちゅう工場、やまはん（山榛《やまはんのき》）」から成っている。これらの詩篇は三宅島への出張に行き、伝統的な島の農業、林業などを興味深く紹介している。どこか宮沢賢治が長編詩「小岩井農場」で試みた心象スケッチの詩法を和田さんなりに試みているように思われた。また当時の農業技術の一端を詩の中で紹介し、三宅島の暮らしを豊かにする農業を模索する様子を記している。農業は林業、畜産業などの命に関わることと密接に関わり相互に依存し合い、相乗効果を上げていくことを知らせてくれる。和田さんは伝統とモダンの両方を見据えてそれらの優れた点を先入観なしに描いている。

Ⅱ（昭和二十七年―三十一年）の中では、詩「未来」で次のように未来の危機を語っている。「そこから生れるものは／生命か歓喜か／いや戦争をかかえこんだ未来への呪詛《じゅそ》／消え去った平和への憧憬」。朝鮮戦争や水爆実験など世界では冷戦が進行していて、その未来は、平和が幻影のように遠ざかって行くように思われたのだろう。

Ⅲ（昭和三十二年―三十八年）の中では、詩「寿量品―星諦誘老師の年賀状に―」で「寿光無量の年賀に／わたしは新しい人生をみた」と記している。「寿光無量」とは、「無量寿光」とも言われ、ユングの「集合的無意識」と同じようなことを意味しているらしい。和田さんは三十歳代半ばでこのような「寿光無量」を詩作の根底にも見出していこうと試みていたのだろう。初期詩篇はここで終わる。

3

〔2〕の中期詩篇は、第三詩集『女神』（一九八九年）、第一詩集『恋歌』（一九八八年）、第二詩集『花鎮め』（一九八九年）から成っている。この『女神』は一九八四年に公務員を辞めるとすぐに私家版で刊行し、それを第三詩集として再刊している。この『女神』に対して和田さんは多くの人びとに読ませたいと願った作品としての満を持して世に問うたに違いない。和田さんは「女神」というミューズを指す日本語の言葉による訪れた場所のイメージを自由に展開して一冊の詩集を創ろうと三十五篇を連作したに違いない。そこにはきっと自らの詩の女神でありながら多様な地域の女神から呼ばれるような経験だったろう。一の冒頭を引用してみたい。

女神を信仰してしまった
男の信心は篤く
眠られぬ夜明けまえに
雀たちがねぐらをはなれるように
さわがしく
祈って陽がのぼる水平線で
女神の裳裾《もすそ》を
おぼれるときにつかんだ

和田さんは詩を書き続けることが詩の「女神を信仰してしまった」ことなのだと正直に告白する。そしてその女神を探しに出かけていく。その女神は「落合川の清流を汲んで／髪をすいた女」であり、塩屋岬灯台下の豊間の浜で聞いた「女神の頌歌」であり、因島《いんのしま》の静謐な夜に現われる女神であり、「広瀬川のうたのしらべもとだえた」後に「仏陀の恵み」のように「雪のふる」ことを感ずることであるのだろう。ただ「石生《いそう》の水分《みわか》れ橋」で分れた水が「女神の沐浴」をさせ「檸檬の乳房」をひたして豊かに沃土に注いでいたけれど、今は「女神の恩恵も百姓にわたらなく」なったことを憂えてしまう。けれども武蔵の「流鏑馬《やぶさめ》の白重藤《しろしげどう》の弓の音」に先祖の命を想起し、「女神の産ごえとうたびとの声」が満ちることを願うのだ。筑紫の山と田畑からのきぬずれの音、能取湖《のとろこ》の朱赤をあしらった優佳良《ゆうから》織りの綾女が奏でる音に女神を感じて、この連作を書き継いでいったのだろう。そのことによって和田さんは自らの女神を検証しながら、あらゆるところに女神を発見する詩的感受性を身に付けて、詩作を試みていたのだろう。

第一詩集『恋歌』（一九八八年）では、詩「夜更け」・「塘《つつみ》にて」・「鳰《にお》無情」を読むと、恋人を直接的に書かないで、恋人との出会った場所を描くことで、その恋情を余韻のように響かせている。その場所は甲武信岳《こぶしだけ》の屋根から吹き下ろされる風の街であり、外濠《そとぼり》通りから眺める塘《つつみ》に咲く夾竹桃や百日紅《さるすべり》であり、また濠に浮かぶ鳰である。その出逢いの場所を過ごした時間の流れを「恋歌」と名付けたのだろう。

第二詩集『花鎮め』（一九八九年）では、詩集題の詩「花鎮め」を読むと、和田さんが故郷の花をどのように感じていたかが分かる。

庭いちめん花を咲かせて
土のいろをかくし
桜のはなびらちるところもない
はなびら風にとんで
吹きだまり
埋まって
花しずめ
安穏に
はやりやまい鎮まる
谷慈郷《やじごう》の
花しずめ

和田さんにとって花とは「土のいろをかくし」てしまうほど咲き乱れる野草の花々なのかも知れない。しかし「桜のはなびらちるところもない／はなびら風にとんで」いく桜の花も大切な花なのだ。地に咲く数多の花々と桜樹からの花びらの力によって「はやりやまい鎮まる」のだという。故郷である「谷慈郷《やじごう》の／花しずめ」の記憶を物語っていこうとするのだ。この詩集の中心は詩「谷慈郷《やじごう》」六篇と詩「谷地川」五篇の各連作だ。数千年前の縄文時代に起こった谷慈郷が四季の恵みを受けて、米や繭などを生産しどのような暮らしを続けて、ついには滅んでいったかを先祖を悼む胸の疼きのように甦えらせている連作なのだ。

4

（３）後期詩篇は、一九九七年刊行の『うこの沙汰』から始まって、『理想の国をとおりすぎ』、『村』、『失われたのちのことば』、『毛野《けぬ》』、『面影町界隈』、『當世拾遺』、『高田の松』、そして二〇一四年に刊行した『昭和八十八』までの九冊の中から選ばれている。二十年の間に九冊の詩集を刊行した筆力は驚くべきことだが、それは和田さんの内部に詩の女神が居座ってしまったからに違いない。また各詩集は宮沢賢治の精神と谷慈郷の先祖の暮らしを支えた美意識が貫かれ、さらに広い文明批評的な視野が含まれている。

　和田さんの詩的文体は、実は常識を覆すような現場の事実に基づいた発想から導かれて、古語や死語が縦横無尽に甦り、擬古文ではないが、現代文の中に独特の七五調などのリズムを忍ばせている格調高い文体だ。現役の詩人でこのような日本語の韻文リズムや語彙を咀嚼して自らの詩的文体に取り入れた詩人はいないのではないか。その意味で今回の新撰詩集を読み通せば、日本語の豊饒なリズムと忘れていた語彙によって、忘れていた日本の原郷の風景が現代に甦って、現代の置かれている故郷を喪失する情況に詩的言語からの警鐘を鳴らすに違いない。
第五詩集『うこの沙汰』の詩集題の詩の中では、「到来ものににせたご政道」を揶揄し次のように賢治の精神を語る。

梟師《たける》たちの窮民救済は
冥府《めいふ》のよしみからの谺
鬼が鬼を追うおこがましさに身震いする
　窮民でもおろかでも普通のくらし
　愚直に生きているのです
慎みやかにひかえ壁土に刻まれた
賢治さん悲願自戒を
ヨクミ　キキシ　ワカリして
律儀平穏なくらしのなか　　（略）

和田さんは農業行政の専門家であり、行政的な観点には窮民救済が根底にあると考えてきたのではないか。日本の神話に出てくる熊襲の川上梟師《タケル》や大和朝廷のヤマトタケルなどでさえ「梟師《タケル》たちの窮民救済」を目指し、その課題は今も谺のように響いてくるのだ。「賢治さん悲願自戒」とはそんな「窮民救済」のことであり、和田さんの詩は、そんな民の幸福を願い、それを記そうとしていることが分かる。賢治は自らを「デクノボー」と語ったが、和田さんも自らを詩に憑かれた「うろ」だと願い、ただ民衆を捨てた「うろ」にはなってはいけないと自戒し、私たちにもそんな思いを伝えようとしているように思われる。

　その他も八冊の詩集も事実を直視し、その光景の背後に数多の民衆の暮らしを予感させてくれる詩篇群で、どの詩篇も興味深く、読むたびに異なる視線を発見し刺激を与えてくれる。ぜひ読み通してその文体や内容の魅力を発見して欲しいと願っている。最後に「うこの沙汰」から短い二篇の詩「ハリフダ」と「氓《タミ》」を引用したい。

　　ハリフダ

〈娘ヲ売ルトキハ相談シテ下サイ〉
コノ帖《ハリフダ》ヲミタコトガアルカ

売ラレタモノノ　売ッタモノノ
哭クナミダノナイ
ナミダハ　イマナガレテイル
ソレヲミル　ココロハ渇キ

遠クナイマエノカキツケ
古文書デハナイ

氓《タミ》

棄テラレタノデハナイ
シイラレタノデハナイ
若カッタココロガ
キメタコトダ
チチモ　ハハモ
ナニモ　喪《ホロボ》シ

護ラレモ　シナカッタ
ソシテ償ッタ
償ッタノハワタシタチ
誰ソ彼モノ

これらの詩篇は賢治の時代の東北の民衆の歴史的事実に基づいた詩篇であり、『宮沢賢治のヒドリ』の二冊の評論集を書く動機には、このような和田さんの思いがあったことを付け加えておきたい。日本の民衆の歴史を詩を通して理解することが可能なこの新撰詩集を多くの人びとに読んで欲しいと願っている。

あとがき

新撰　彼方此方《あちこち》

新撰 彼方此方《あちこち》

和田 文雄

読みかえし醒悟《よみが》えりして、コールサック社の編集の鈴木比佐雄さん、デザイナーの杉山静香さん、校正の鈴木光影さんのご努力とご親切にお礼を申し上げます。

かねてから、鈴木さんに、私の詩集をつくらせてくださいといわれていました、機が熟したのでありましょう。

この撰集の一番はじめに拙作「共進会」を据えてくださった。もっと競へあえということでありましょう。この編集については、一切すべてをおまかせして資料を提供しただけでしたが、まったく思いを吸いとられてしまいました。この作は昭和二十三年から手掛けているもので、社会人として最初の経験のことの記録でした。未発表に「側々たる勇気」というのがあります。また「今　沈黙してよいか」というのもありますが、すべて反戦のことであります。

次第に仕事の範囲もひろがり、また幾つもの地域に出かけるなかで、年齢に付帯して対象もひろがりました。多くはそのときお会いした人、もの、天象、そして今昔などに教えられたものであります。そしてなによりも宮沢賢治さんの事蹟を探すことに懸命でした。そして「雨ニモマケズ」詩の「ヒドリ」の改竄、改変を是正しなくてはと思いました。幸いこれも鈴木さんのお力添えで多くの方々のご理解を戴くことができました。

これからも、共進会でふれ合った人たちとともにすすんでゆきます。

平成二十八年九月十一日

著者略歴　**和田文雄**（わだ　ふみお）

1928年　東京・八王子市生まれ

詩集　『恋歌』『女神』『花鎮め』『無明有情』『うこの沙汰』

『理想の国をとおりすぎ』『村』『失われたのちのことば』

『毛野《けぬ》』『面影町界隈』『當世拾遺』『高田の松』

『昭和八十八』各土曜美術社出版販売刊

選詩集『新・日本現代詩文庫30　和田文雄詩集』

土曜美術社出版販売刊

評論集『宮沢賢治のヒドリ　本当の百姓になる』『続・宮沢賢治のヒドリ　なぜ賢治は涙を流したか』コールサック社刊

「さやえんどう」などを経て、「花」「千年樹」「欅」「日本詩人クラブ」会員

住所　〒183-0057　東京都府中市晴見町2-1-2-305

電話　042-368-7333

石炭袋

和田文雄 新撰詩集

2016年10月15日初版発行
著者　　和田　文雄
編集者　鈴木比佐雄
発行者　鈴木比佐雄
発行所　株式会社 コールサック社
http://www.coal-sack.com
〒173-0004
東京都板橋区板橋2-63-4　グローリア初穂板橋209号室
電話 03-5944-3258　FAX 03-5944-3238
E-mail　suzuki@coal-sack.com
郵便振替　00180-4-741802
印刷管理　株式会社 コールサック社　製作部

◆装幀＝杉山静香　　◆カバー写真＝柳下征史

ISBN978-4-86435-268-0　C1092　¥2500E
落丁本・乱丁本はお取り替えいたします。